MW01164906

LA MALA FAMA

LA MALA FAMA

GINA MONTANER

La mala fama

Primera edición para Estados Unidos: octubre, 2009

www.rhmx.com.mx

Comentarios sobre la edición y el contenido de este libro a:
literaria@rhmx.com.mx

ISBN 978-030-739-287-9

Impreso en México / *Printed in Mexico*

Distributed by Random House Inc.

Para Paola y Gabriela

Por un momento pensé que Belano y Lima se habían olvidado de mí, ocupados en platicar con cuanto personaje estrafalario se acercaba a nuestra mesa, pero cuando empezaba a amanecer me dijeron si quería pertenecer a la pandilla. No dijeron "grupo" o "movimiento", dijeron pandilla y eso me gustó. Por supuesto, dije que sí.

ROBERTO BOLAÑO,
Los detectives salvajes

La niña no crea una teoría parecida al ver los órganos genitales del niño diferentes de los suyos. Lo que hace es sucumbir a la envidia del pene, que culmina en el deseo, muy importante por sus consecuencias, de ser también un muchacho.

SIGMUND FREUD,
Ensayos sobre la sexualidad

UNO

Aunque Arieh me apretó la mano con fuerza para protegerme de la avalancha humana, yo ya sabía que lo nuestro había terminado. Llevábamos casi dos semanas en Bombay y la mayor parte del tiempo habíamos estado en Falkland Road, donde él pasaba las horas cámara en mano filmando las laberínticas y sucias callejuelas. En sus ratos libres coordinaba citas y contactos para rodar en los burdeles de esta conocida y peligrosa zona roja. Yo simplemente iba en calidad de asistente de producción. O al menos eso le dije a mi jefa cuando unas semanas atrás le había pedido un permiso de veinte días para dejar la editorial. "Me ha salido un trabajo con Arieh y ahora en verano apenas llega material. No creo que haya problema", le comenté sin concederle demasiada importancia al tema para no darle tiempo a pensar y que recurriera a estratagemas que me impidieran abandonar mi asfixiante cubículo. Francesca lo aceptó, pero con una condición: "En cuanto vuelvas quiero que te dediques a la selección de manuscritos para el premio de Novela Femenina. En octubre se falla y ya hemos empezado a recibirlos". "Hecho", le contesté ocultando mi disgusto. Al regreso de la India me esperarían mamotretos de relatos antipáticos escritos por mujeres para mujeres. Francesca, que dirigía el sello literario Amazonas, estaba convencida de que ése era el gran filón en un negocio cada vez más escuálido, y los números le daban la razón. Las encuestas indicaban que las mujeres son las que más leen y las autoras suelen darles réditos a las editoriales. "No me quedará otro remedio", pensé. "Oye, una cosa, ¿hasta cuándo vas a estar a la zaga de tu chico? Si te dejaras de tanto viaje te contrataría a tiempo completo y formarías parte del *staff* fijo", me recriminó cuando ya tenía un pie fuera de su oficina. Me limité a sonreír levemente y dibujé un adiós con la mano antes de darle la espalda.

Francesca, una atractiva mujer que pasaba de los cincuenta y cuyas facciones rubias le conferían un aire nórdico, no perdía oportunidad para soltarme sermones sobre mi relación con Arieh: "Perdona que me meta donde no me llaman, pero deberías despegarte más de él. Te lleva siempre a su terreno y tú te dejas arrastrar. Por lo menos eso es lo que parece desde fuera. Tiene toda la pinta de ser un hombre controlador que lo disfraza con sus maneras suaves". Yo tenía la culpa de que mi jefa hurgara en mis asuntos. Era uno de mis principales defectos: dejar que los demás opinaran sobre mi vida y mis sentimientos. O lo que ellos creían saber que yo sentía. Posiblemente tenía razón.

Poco a poco Arieh me había fagocitado con sus encantos de artista disipado y nihilista, y para mí era difícil explicar por qué lo había permitido. Yo, que desde muy joven me había emancipado, distanciándome de unos padres apocados y conservadores a los que apenas veía. Orgullosamente independiente, dura con los demás y con mi persona. Pero no pude evitar que algo se quebrara en mi interior cuando lo conocí en una fiesta de Navidad. Los de la editorial nos habíamos reunido con un grupo de realizadores de un conocido canal especializado en documentales. Aunque era abstemia y sensible al penetrante olor del alcohol, aquella noche me sentí ligera y las copas fueron y vinieron de no se sabe dónde. Lo vi acercarse desde el otro extremo de la barra. Alto y flaco. Desgarbado y pelirrojo. De cerca pude comprobar que su rostro estaba manchado de pecas. Arieh, que parecía estar tan ebrio como yo, sin preámbulos ni introducciones me habló de sus viajes y sus fotografías. "Daría cualquier cosa por llevarte conmigo", me llegó a decir como si me conociera de toda la vida. A la mañana siguiente, y con una jaqueca que me golpeaba la cabeza con la fuerza de una campana de bronce, creí recordar que habíamos bailado con la música de los Talking Heads y los Pretenders. A mi lado dormía aquel desconocido. Nunca me habían atraído los pelirrojos y ahora su melena escarolada se esparcía sobre la almohada como hebras de azafrán. Arieh ya no se fue más y yo cedí por dentro al sentir la protectora tibieza de su cuerpo desnudo.

Se trataba de nuestro segundo viaje a la India. Un año antes habíamos ido en el mes de noviembre. Cuando las temperaturas son más benignas y uno no siente que el polvo le estrangula la garganta y que el hedor de las calles se prende a la ropa como un perfume venenoso. Principios de otoño es la mejor época para recorrer el país sin tener que preocuparse por el monzón y la humedad filosa que te desbarata a cada paso. En aquella ocasión nos instalamos en Benarés. Una productora había contratado a Arieh para dirigir un documental sobre religiones orientales y en la ciudad santa de la India tenía cita con un *swami* de cien años que haría de guía. Se marchaba al amanecer para filmar a orillas del Ganges justo a la salida del sol, cuando los peregrinos locales y los *hippies* trasnochados que vienen de todas partes del mundo se sumergen en las aguas fétidas y oscuras del río. A esas horas yo prefería quedarme en el hotel, algo apartado del abigarramiento religioso que se respira en las inmediaciones de los Ghats. Al caer la tarde me aventuraba a pasear por la ciudad y sentarme en los escalones a orillas del río, donde me distraían los cantos hipnóticos de los yoguis y los mercachifles que en sus improvisados puestos ofrecían limpiar las orejas o sacar muelas con instrumentos de aspecto medieval y dudosa higiene. Así fue como conocí a Prem, el guía que me enseñó los rincones más apartados y pintorescos de Benarés. El mismo que un año después me sacaría de las entrañas de Falkland Road con el gesto imperturbable de un caballero andante.

Recién graduado de la universidad, Prem se ganaba la vida con los turistas a la vez que procuraba encontrar un empleo más seguro como funcionario público. Se acababa de casar y mientras paseábamos por la enmarañada ciudad me hablaba acerca de las ventajas de un matrimonio concertado como el suyo. "¿Y antes de conocerla no te angustiaba la idea de que no te gustara tu mujer?" A mi guía le hacían gracia mis superfluas preguntas occidentales. Era obvio que nunca se había planteado las dudas que me asaltaban continuamente, ni sentía la inquietud que me provocaba su situación. "¿Qué le hace pensar que a usted le va a ir mejor con su esposo que a mí con mi mujer?", me preguntó una vez mientras tomábamos té en una apacible pastelería, lejos del tumulto y el incordio de las vacas sueltas por las calles. En aquella ocasión no le aclaré a mi nuevo amigo que Arieh y yo no estábamos casados. Y que ni siquiera pensaba tener hijos.

Permanecimos algo más de dos semanas en lo que hoy en día los hindúes, en su afán por borrar las señas de identidad que heredaron del Imperio británico, llaman Varanasi. Y si no hubiera sido por el encuentro fortuito con Prem, me habría marchado sin adentrarme en los misterios de la ciudad más alucinante que había conocido, porque Arieh iba a su aire y no regresaba hasta muy tarde. Cada madrugada, al despertarme con un beso mojado en la boca, me decía juguetón: "Cariño, hoy te traigo una nueva lección del *swami*. La verdad es que todo este negocio del yoga es una tapadera para el sexo puro y duro". Entonces me montaba y yo me dejaba desperezar con la dureza de su verga. Así cada noche, sólo que con posturas diferentes y más arriesgadas de lo habitual en él, como si en realidad el maestro centenario sólo se hubiera dedicado a enseñarle los secretos del Kama Sutra.

Había transcurrido un año desde aquel primer viaje y ahora regresábamos, pero esta vez rumbo a Bombay, que ahora era Mumbai. Después de la escala en Francfort, Arieh se desplomó sobre mi hombro tras ingerir un somnífero mientras yo intentaba concentrarme en la lectura del último libro de Tomás Pineda. En esta tercera entrega, que se había apoderado totalmente de mi imaginación, los poetas ambulantes habían arribado a Tokio. El grupo, compuesto por siete hombres solitarios como los Siete Magníficos, había contactado al movimiento Manga y mandaba mensajes subliminales a la población en los grandes videos que se exponían en las pantallas de los rascacielos. Los Manga querían saber más acerca de los poetas. ¿Qué les había ocurrido en su país natal? ¿De qué actos innombrables habían sido testigos? ¿Por qué se negaban a contar lo que habían visto? Los autores de este popular género del cómic, conocidos como los manganakas, se habían ofrecido a ilustrar con sus características viñetas la epopeya de los poetas ambulantes, quienes en el libro anterior habían participado en la caída del Muro de Berlín. Los manganakas se sentían solidarios con su causa, pues se consideraban mancillados herederos de la gran nube atómica que en el pasado había pulverizado a la potencia nipona. Pero los poetas se limitaban a colocar los subversivos *dazibaos* en la capital japonesa sin la intención de provocar disturbios callejeros. Aprovechaban la madrugada para desplazarse por la ciudad dormida antes de que se llenara de almas con prisa y hechizadas por las psicodélicas vallas publicitarias. Los relatos no eran en prosa, sino en forma de extensísimos poemas. Un lamento que propagaban siete desterrados que expiaban una culpa impronunciable.

Tomás Pineda. Perseguido. Desengañado de la vida en general y de la suya propia. Negado a conceder entrevistas y dejarse retratar. Exiliado en el sur de España desde la época tenebrosa de la Junta Militar argentina. Tras huir de los horrores de la dictadura, se había refugiado en un pueblo blanco y desde su madriguera había alcanzado estatura de autor de culto con una serie en la que narraba las aventuras y andanzas de unos poetas kamikazes que recorrían el mundo para exorcizar sus demonios.

Fue pura coincidencia que llegara a interesarme por la obra de tan esquivo y elitista intelectual. Aunque, bien pensado, nada que tuviera que ver con mi amiga Sandra era fruto del azar. Matemática de profesión, no daba crédito a las casualidades y los caprichos de la vida. Sandra, a quien había conocido de adolescente en el colegio de monjas, al cabo de los años me contactó desde Mallorca, donde se había instalado e impartía clases. Comenzamos a escribirnos. A ambas nos unía la pasión por la literatura masculina. "O sea, la de hombres para hombres", le gustaba decirme con sarcasmo. Fue ella quien me mandó la primera entrega de los poetas ambulantes. "Cuando lo leas ya sólo querrás escribir como Tomás Pineda. Plagiarlo sería una empresa digna de una escritora como tú." "¿Quieres decir que para ser una autora reconocida debo escribir como un hombre?" Ésa era nuestra broma privada. Nos comunicábamos por medio de internet con larguísimas conversaciones virtuales a las que ella había accedido a pesar de declararse contumaz enemiga de una nueva tecnología que, a su juicio, sólo contribuía a la promiscuidad social. En cuanto a la escritura, Sandra sabía que yo sólo tenía acumulados esbozos y diagramas. Nada digno de publicar. "Lee a Pineda y encontrarás el camino." Así solía concluir la correspondencia que acompañaba los manuscritos que me enviaba de él. Eran cartas que llegaban en sobres escritos con primorosa caligrafía de maestra y los envoltorios olían a pachulí. Antes de dedicarse a las integrales puras, mi amiga, que era algo mayor que yo, había tenido una vida desordenada en amores y vivencias. De su pasado, del que prefería no hablar, sólo quedaba la huella olorosa de aquel aceite de su juventud.

El avión avanzaba silencioso entre las nubes y Arieh respiraba profundamente bajo los efectos de un sueño artificial. Yo procuraba seguir con atención las aventuras de los poetas ambulantes en una ciudad tan lejana como Tokio. Pero en realidad mi pensamiento se escoraba inevitablemente hacia los hechos de los últimos meses y mi reciente boda.

Tras la estancia en Benarés, al poco tiempo de volver a Madrid descubrí que Arieh había sido algo más que un discípulo del *swami* en la quietud del *ashram*. Aquel anciano gurú lo había acompañado a los barrios más sórdidos de la ciudad, donde ni siquiera los leprosos y pedigüeños se atrevían a adentrarse. Y allí, sobre un camastro de madera recubierto con almohadones de colores brillantes y lentejuelas, mi novio se había abandonado a las prostitutas más desesperanzadas. Algunas picadas de viruelas. Otras, con la mirada extraviada por el humo del opio y hundida en la negrura del *kohl* difuminado. Ninguna pasaba de los dieciocho años, tostadas y de carnes prietas antes de instalarse en la adultez prematura. Pero todo eso lo supe después, cuando una noche de insomnio en nuestro piso en Madrid (mientras Arieh filmaba un documental en la Patagonia), entretenida puse un video cualquiera que encontré rebuscando en las cajas que tenía amontonadas en su estudio. Y entonces lo vi entre gasas rojas y semitransparentes en un habitáculo inmundo, follando con la intensidad de un hambriento a la mesa. Su respiración era cavernosa y nacía de la nariz como un ronquido leve. "Es fundamental para alcanzar la esencia del yoga", me solía repetir Arieh, experto en la disciplina Vinyasa, cuando hacíamos el amor. Ocultos en cajas, mi futuro esposo había apilado una veintena de videos rodados en distintos burdeles del planeta que tenían una cosa en común: se trataba de antros mugrientos en los que se ofrecía a los turistas la carne tierna, fresca y barata de menores. A la vez que Arieh filmaba las maravillas naturales de países lejanos, engordaba su filmoteca particular con un porno descarnado en el que en muchas ocasiones él era el protagonista del sórdido episodio. Como en una tanda maratoniana de cine de madrugada, se me hizo de mañana contemplando, con una mezcla de horror y fascinación, su pasión secreta. Entonces comprendí sus cada vez más violentos asaltos nocturnos en aquel hotel a las afueras de Benarés, cuando ya no le bastaba que le dijera quedo al oído: "Soy toda tuya". Domesticada por el amor sumiso. Incapaz de adivinar los deseos del tigre. Carente de la perversa pulsión que provocaban en él las fantasías orientales. Tan plana como la novela que había comenzado a escribir una y otra vez. Avergonzada tras constatar que sólo me salían páginas blandas como las de las autoras que odiaba leer y que a Francesca —con ese olfato de vieja gata— le habían proporcionado tanto éxito en el mundo editorial. Nunca le había dicho a mi jefa: "Que sepas que a mí también me salen relatos oscilantes, dirigidos por vaivenes hormonales. Sólo que conmigo no te harás rica porque prefiero morirme antes que publicar algo que se asemeje a tus manoseados *best sellers*". Yo, que desde pequeña había odiado la implícita docilidad de las niñas y me había propuesto vivir con la despreocupación de un hombre y escribir como mis autores favoritos, con la prosa desnuda, fálica y pulida. Transparentemente viril. Había huido como de la peste de las autoras de moda con sus sagas de mujeres intuitivas y apegadas a la tierra. Las novelas que más sarpullido me provocaban eran las que en mis (envenenados) informes de "lectora" clasificaba de "odoromas tropicales": unas fogosas hembras lucían órganos sexuales que eran poco menos que una cornucopia de fragancias tórridas. Criaturas voraces que entre las piernas escondían un gran batido de papayas, mangos, anonas y otras frutas salvajes. Manuscritos y más manuscritos en los que las mujeres tenían premoniciones, sufrían levitaciones y se levantaban en medio de la noche poseídas por sueños, presagios y comunicaciones telepáticas con una madre muerta que desde el más allá les soplaba recetas para curar el desamor. "Me resisto." Ése era mi mantra. Historias con ecos de un cansino realismo mágico que ya había leído antes. "¿Por qué no publicar al autor mexicano que nos mandó la novela que se desarrolla en la península de Yucatán?", le insistí tantas veces a Francesca. "Dura como el *L.A. Confidential* de James Ellroy, pero mucho más truculenta. Una formidable novela negra en la que las proliferantes mafias mexicanas compiten en brutalidad con la policía y es imposible discernir el bien del mal. Y no esa bazofia de señoras esotéricas y rayanas en el histerismo con que mareamos a las lectoras." Otra editorial se arriesgó con la novela del incipiente escritor mexicano y las ventas fueron pobres.

En mis horas más bajas llegué a pensar que Francesca tenía razón. Era incapaz de detectar un éxito editorial. Empecinada, continuaba con mis lecturas masculinas. Libros escritos por tipos desahuciados. Discípulos del realismo más sucio y apegado a las miserias diarias. En cuanto a mi trabajo, opté por elaborar sin remordimiento alguno informes hipócritas y simulados como un orgasmo en una noche torpe. Mi fingimiento se correspondía con el artificio de aquellos legajos "femeninos" y falsamente "feministas". Pero lo cierto es que yo tampoco era capaz de escribir una novela que trascendiera el ámbito hogareño y sentimental. Por eso en mis ratos libres no me atornillaba a una mesa, sino que me limitaba a ser la asistente de producción de Arieh. No deseaba enfrentarme al fracaso frente a un ordenador con la pantalla en blanco. Sinopsis que se me enredaban en tramas desabridas donde sobraban visillos y mesas camillas. Algunas veces, cuando me armaba de coraje, le leía a Arieh lo que había escrito. "Tú lo puedes hacer mejor. Es cuestión de mayor rigor. Me parece que tu trabajo en la editorial te hace daño", se limitaba a decirme. "Necesitas más experiencias vitales. Soltarte un poco. Asilvestrarte. El neón de la oficina te está matando", y aprovechaba para invitarme a sus viajes a otros confines. "La excusa oficial es que vas como mi ayudante, pero en verdad te llevo como mi esclava sexual." Los dos nos reíamos, pero la suya era una risa más sonora y liviana que la mía. ¿Cómo me atrevía a imaginar que algún día podría llegar a escribir como Tomás Pineda? Mi autor favorito. Mi héroe literario. El creador de la saga de los poetas ambulantes. Un regalo inesperado por medio de una vieja amistad recuperada en el tiempo.

La aeronave se deslizaba en el cielo y Arieh dormía ajeno a lo que sabía de él, cuando lo sorprendí jadeante sobre un colchón roto y maloliente. Las borrosas imágenes habían sido filmadas con un grano muy abierto y me preguntaba quién había estado detrás de la cámara si mi ahora esposo era el que gemía de placer en un serrallo de mala muerte. Aquella nauseabunda revelación no me había impedido casarme con él en un juzgado del centro de Madrid. Ni siquiera me molesté en decirle que conocía su secreto. ¿Acaso no me ocultaba otras muchas cosas? Había contraído matrimonio con un desconocido, pero tal vez eso sea lo que sucede siempre. Ésa era mi única certeza antes de embarcar en el avión de Lufthansa que por segunda vez nos llevaría a un país con dimensiones de continente inabarcable.

DOS

Regresamos a la India recién casados y en plena luna de miel. La idea de legalizar la relación surgió después de una monumental bronca por lo de siempre: "¿Qué quieres que piense si llevamos más de cuatro años juntos y cada vez que te hablo de tener hijos te pones como una hidra?" Arieh insistía cada vez más e incluso llegué a fingir que había suspendido la píldora para que me dejara en paz. "Nunca te engañé y te lo dije desde el principio. No está en mis planes tenerlos. Nunca quise tener niños." Se lo repetía con una rabia que me hacía llorar. Todavía recordaba los primeros meses tras conocernos, cuando apenas salíamos de mi apartamento, a menos que fuera para retomar fuerzas y continuar la gozosa batalla en la cama. Insaciables y ojerosos. Lo que tarda una pareja en olfatearse y desentrañar los misterios de la química. El tiempo que toma liberar la oxitocina y vasopresina necesarias para perderse en los serpenteantes caminos de la intimidad y la interdependencia. Y aun en el fragor del sexo más salvaje, cuando Arieh me decía lo mucho que deseaba tener un hijo mío, había sido capaz de aferrarme al único principio del que era militante: "Pídeme lo que quieras, pero no insistas con eso". Confiado en su ilimitada capacidad de convencimiento y seducción, en aquel entonces estaba seguro de que acabaría por arrancarme un momento de debilidad maternal. El tiempo no le dio la razón, y tal vez por ello aceptó literalmente mis palabras para usarlas como su venganza secreta. A su manera, Arieh acabaría por exigírmelo todo. Ése era el precio que debía pagar a cambio de mi negativa a complacerlo y mi nulo instinto para procrear.

A partir de aquella última discusión, mis defensas se debilitaron frente a sus embestidas. O, como solía decir Francesca: "Los caprichos de tu novio. Porque mira que es caprichoso". Así surgió la idea de la boda. "Podemos celebrarlo con los amigos. Déjame que yo planifique la fiesta y luego nos vamos a Bombay. Creo que nos ayudará a consolidar lo nuestro. Déjate de tantos miedos y por una vez baja la guardia." Imaginé que detrás de su inesperado entusiasmo casamentero lo que buscaba Arieh con la formalización eran nuevas ataduras que me llevaran a la claudicación de mi empeño por no embarazarme. Pero opté por callar y dejarme llevar por otro de sus arrebatos tardíamente juveniles. Él mismo se encargó del papeleo y de organizar la celebración en El Hombre Moderno, un bar de moda situado en la esquina de nuestra calle y que regentaba un jovencísimo matrimonio americano. Al recibir la invitación a la fiesta, Sandra me respondió por correo con una de sus cartas perfumadas.

Ya sé que no nos vemos hace años y a las dos nos mata esa intriga tan propia de la condición femenina por saber cómo se ve la otra. Pero creo que es precisamente esta tensión lo que mantiene viva nuestra amistad. En cuanto al matrimonio, ya sabes lo que pienso de tan devaluada institución. Tú sola debes llegar al final de la ecuación. Sólo me cabe desearte lo mejor con ese muchacho. Mi regalo para ti será la última entrega de Tomás y te llegará antes de tu viaje. No dejes que las moscas y el calor de la India te impidan escribir.

Tuya,
Sandra

Aunque sabía que mi amiga no viajaría a Madrid, le envié la invitación con la remota esperanza de que fuera mayor su curiosidad que su aversión a la vida social. Hacía mucho que se había retirado a Palma de Mallorca y nunca me explicó los motivos que la llevaron a refugiarse en el anonimato de la docencia. Tampoco podía imaginarla bailando alegremente en El Hombre Moderno con los conocidos de Arieh, gente del cine, alocada y extravagante. Egocéntricos y ensimismados con sus historias y proyectos. De hecho, Sandra no mostraba la menor curiosidad por mi compañero sentimental. Se refería a él como "ese muchacho". Más que desprecio, sentía indiferencia. Nuestra correspondencia se centraba en reflexiones literarias y novedades sobre la obra de Pineda.

Por mi parte, la lista de invitados fue breve. Tenía pocas amistades y ni siquiera convidé a mi familia. A la cita sólo acudieron algunos compañeros de la editorial y la inevitable Francesca, quien apareció con un ajustadísimo vestido negro que desentonaba con la informalidad del evento. Su regalo de bodas fue un prohibitivo *negligé*. Tuve que reírme ante su estrafalaria ocurrencia, pues se había inspirado en un manual de consejos eróticos que ese año había saneado la contabilidad de la editorial al hacerse con el primer puesto en la lista de los libros más vendidos. "Prometo llevármelo a la India y bailar para Arieh la danza de los siete velos", le dije sin la menor intención de cumplir mi palabra.

Cuando me reencontré con mi guía en Bombay él ya tenía descendencia y su esposa estaba embarazada de nuevo. Unos meses antes Prem se había trasladado con su familia a la ciudad natal de Gandhi, el padre de la patria, y de inmediato le envié un mensaje:

Como el año pasado, Arieh te pagará muy bien durante el rodaje. Además, no se me ocurre mejor lazarillo que tú. Me perdería en una ciudad como Bombay. Perdón, Mumbai.

Recuerdos,

Andrea

Prem nos esperaba a la salida del aeropuerto internacional con una pancarta que portaba nuestros nombres en colores fosforescentes. Era verano y la pesadez del monzón se sentía en la espesura de una brisa mortecina.

Tardé unos días en aclimatarme a los alimentos y a un ritmo de vida muy distinto. Arieh, en cambio, se adaptaba con la naturalidad de quien había estado allí en otras encarnaciones. Mi marido desaparecía temprano y yo dormía la mañana en un sencillo y moderno hotel situado en el céntrico barrio de Colaba, muy próximo a las Puertas de la India. Me gustaba Bombay. No era seca y polvorienta como Benarés. Las palmeras evocaban el amable paisaje del Caribe y el hacinamiento humano parecía diluirse en la amplitud de las grandes avenidas. Además, la compañía de Prem aliviaba mi inesperada soledad porque, a pesar de ser una recién casada, me sentía profundamente sola y sospechaba que las incursiones de Arieh a Falkland Road obedecían más a una necesidad íntima que a un deber profesional. Pero ¿cómo explicarle a mi amable guía que mi esposo prefería acostarse con putas enfermas antes que pasear conmigo en los espectaculares atardeceres de esa metrópoli al borde del Mar Arábigo? Prem tal vez le habría dado la razón si hubiera sabido que me negaba a tener hijos. Un hombre obediente que nunca había cuestionado su sitio en el mundo, predestinado por su casta y su religión, que había aprendido a amar a una esposa que otros le escogieron. Prem. Que sólo aspiraba a ser incinerado en una pira a orillas del Ganges en la hora de su muerte. ¿Cómo decirle que no era capaz de sentarme a escribir una novela que solamente habitaba en mi cabeza? Que no deseaba ser madre porque no me nacía. Que en el fondo comprendía el apego que sentía Arieh por la hospitalidad de los burdeles, donde seguramente las mujeres le susurraban al oído algo más tangible y real que mi mentira hecha de convenciones: "Soy toda tuya". Yo no quería ser de nadie. A menos que me acogieran en su regazo los siete poetas ambulantes y me permitieran unirme a ellos a pesar de ser mujer. Nada de eso le dije a Prem para no quedarme completamente huérfana en una ciudad que no era la mía.

Antes de encontrarme con mi guía, cada tarde me sentaba en un cibercafé próximo a nuestro alojamiento y desde allí le escribía a Sandra. Durante mis viajes me enviaba comentarios puntuales sobre Pineda, a la vez que yo le contaba mis impresiones sobre lo último que leía de él: "Este tercer libro me resulta el más enigmático. El más difícil de seguir. Tengo la impresión de que los poetas no sólo huyen de su pasado, sino también de sus lectores. Más bien es Pineda quien parece alejarse, cada vez es más insondable y críptico. No sé bien a dónde quiere llevarnos". "Estás en lo cierto", replica Sandra. "A lo mejor Tomás se está despidiendo de todos, quiero decir, de sus seguidores. ¿Cuándo vuelves? Me incomoda esta lejanía tan artificial e innecesaria." "¿Qué quieres decir con que pudiera tratarse de una despedida?", le contesto, preocupada por los interrogantes que apunta mientras ignoro sus quejas por las distancias geográficas. "Seguro que sabes algo y no me lo quieres contar. Jamás hablas porque sí, te conozco. ¿Acaso no me escribiste hace poco que el cuarto manuscrito se distribuiría en otoño?" Se hizo el silencio cibernético. La pantalla hueca. Mi amiga matemática se había desconectado y daba por terminada nuestra conversación virtual. Solía ocurrir cuando yo sacaba a relucir algo de su pasado que no le interesaba remover, aquellos años en los que nada supe de ella: su arribo a Palma de Mallorca. Su creciente aislamiento del mundo. Incluso, cómo había sabido de la existencia de Tomás Pineda. Un autor cuya obra no se encontraba en las librerías.

En alguna ocasión Sandra me había explicado el proceso artesanal por el que pasaban los manuscritos. Pineda no publicaba en una editorial al uso, sino que mimeografiaba sus escritos y se los mandaba a un puñado de discípulos que se dedicaban a diseminar su obra con la entrega y el afán proselitista de una secta. O sea, sus lectores emulaban la labor propagandística de sus siete álter egos literarios. Mi ex compañera de colegio era uno de los elegidos y por mucho que le insistí para que me contara cómo había dado con tan reservado personaje, nunca me lo había aclarado. "A eso llegaremos algún día." Y con esa enigmática frase frenó mi deseo de saber más.

Aquella tarde lloviznaba cuando Prem me sorprendió frente al ordenador, a la espera inútil de que Sandra volviera a conectarse. "Hoy no tengo ganas de ir a Falkland Road. Además, Arieh ha encontrado a un verdadero ayudante de producción de Bollywood que le está echando una mano y no necesita de mí. Llévame a un sitio insólito. Algo que no haya visto nunca", le dije aliviada por zafarme del tedioso rodaje donde mi ausencia no se notaría. Los dos nos montamos en un *rickshaw* pintado de vivos colores y decorado con lucecitas que parecían adornos de Navidad.

Cuando llegamos a la cima de la colina Malabar, Prem le indicó al conductor que no nos esperara. "Si le parece, de regreso caminamos hasta que se canse", y con la mano apuntó a unas edificaciones que se divisaban a cierta distancia, semiocultas entre la vegetación. "Son las Torres del Silencio, donde la comunidad parsi deja a sus muertos para que se los coman los buitres", añadió bajando la voz como si alguien nos vigilara. "No podemos acercarnos mucho más", aseveró. Sobre aquellos *dokhmas* los zoroástricos depositaban los cadáveres de sus seres queridos y las bandadas de rapaces hambrientos levantaban vuelo con trozos de extremidades colgando del pico o de las potentes garras. Malabar era un barrio residencial retirado de los ruidos y la muchedumbre. En ese privilegiado rincón los seguidores del profeta iraní Zaratustra llevaban a cabo tan singular ceremonia para que las impurezas humanas no contaminasen los elementos del fuego, el aire, el agua y la tierra. "Prem, a ti te van a quemar en una pira y yo acabaré enterrada en un triste cementerio", le comenté con melancolía. "Basta con que su alma esté en paz con los Dioses.

No creo que importe demasiado si nos queman o nos entierran. Sabe, los buitres los traen de Irán porque los de aquí no tienen fuerza para desguazar los cadáveres", me respondió en un inglés *british* suavizado por su rítmico acento indio. "Era de esperar de un buitre de la India", le dije. A pesar de mi chiste inoportuno, Prem, que era cortés en las formas, sonrió educadamente.

Estábamos a veinte pasos (la distancia límite antes de que los guardias te llamen la atención) de las Torres del Silencio cuando la tarde se licuó en una total oscuridad. Sólo se escuchaban los ominosos graznidos de aquellas aves de rapiña importadas que volaban en círculos y sobre nuestras cabezas. Prolongamos el paseo antes de subir a otro *rickshaw*. Nunca alcancé a decirle a Prem que había conseguido sorprenderme con un espectáculo verdaderamente único. Frente a aquellas torres mudas imaginé a Arieh eligiendo una puta de Falkland Road que un rufián sacaba de una jaula con barrotes de madera. Del fuego y la tierra salían crepitando los gusanos que la humedad engendraba en esa época del año.

"¿Te cuida bien el amigo Prem?", me preguntó Arieh mientras nos entreteníamos con un musical de Bollywood que emitía la televisión. El aire acondicionado del hotel se había roto y se hacía difícil respirar por el vapor que los aguaceros dejaban a su paso cada noche. Debía ser muy tarde, porque en las calles de Colaba ya no se escuchaban los ensordecedores cláxones de los *rickshaws* ni el griterío de los vendedores ambulantes que no conocían horarios, sino la apremiante necesidad de sobrevivir. A esas horas los cientos de miles de vagabundos y mendigos que poblaban la ciudad dormitaban bajo los cartones que se extendían en las lóbregas aceras. "Es un encanto. Además, es culto y todo lo que cuenta es interesante", le contesté algo sorprendida por lo inesperado de la pregunta. Ni siquiera en el primer viaje Arieh había mostrado demasiado interés por nuestro guía; más bien le aburrían las cosas que comentaba sobre él y desconfiaba de su amabilidad. "Eres una ingenua. En estos países del Tercer Mundo practican una hipócrita simpatía con el turista para provocar lástima." "No creo que sea su caso", le respondí molesta. "A mí me parece una persona genuina." Sin embargo, Arieh estaba convencido de que aquellos exquisitos modales obedecían a un interés calculado para conseguir algo de nosotros. "Si no, es que el tipo se ha enamorado de ti. Cosa que no me extrañaría nada", me dijo mientras me sorbía las gotas de sudor que se deslizaban por mis pechos. Entretanto, en la película, que parecía no tener fin, una bellísima mujer cantaba rodeada de verdes montañas que evocaban el paisaje tirolés de *Sonrisas y lágrimas*. Sólo que la muchacha vestía un sari y el cuerpo de baile se movía al ritmo de una balada pop india. El galán era un tipo bigotudo y regordete que daba vueltas como un derviche endemoniado. Arieh, entre divertido y excitado con la psicodelia musical, me lamió todo el cuerpo como si su lengua fuera una esponja capaz de absorber el ardor de mi piel afiebrada. Yo me dejaba hacer en actitud pasiva porque comenzaba a sentir los efectos de un resfriado que me provocaba escalofríos. Debió ser la lluvia en Malabar mientras Prem y yo nos alejábamos tan callados como el silencio de las Torres. O el breve aguacero torrencial que esa mañana me había empapado cuando me aventuré sola a Falkland Road, con la intención de espiar a Arieh para sorprenderlo en la penumbra de alguno de los cientos de prostíbulos que se apretujaban en la infecta hilera de la zona roja. Me había vestido con una sencilla túnica blanca para evitar las miradas curiosas que provocaban mis ropas occidentales. El conductor del *rickshaw* me dejó a la entrada de aquel barrio putrefacto y, guiada por el fuerte olor de la *henna* que las prostitutas se aplicaban en el cabello, las manos y los pies, recorrí con miedo algunos de los burdeles que en los primeros días habíamos elegido para el documental, previo pago de una generosa cantidad a los cancerberos de esos habitáculos en los que las mujeres y niñas de otras provincias caían prisioneras de la trata de blancas y los opiáceos que las anestesiaban.

Cuando creí que ya no lo hallaría, lo divisé a la entrada de uno de los semiderruidos edificios. Filmaba absorto mientras su equipo procuraba controlar la conmoción que en el distrito causaba la presencia de unos extraños empeñados en captar las particularidades de una existencia indescifrable para la pupila extranjera. Estaba convencida de que mi esposo había sido capaz de desentrañar las claves de aquella miseria y desamparo en el beso púber de unas niñas desahuciadas desde la cuna. Arieh giró la cámara bruscamente, como si hubiera detectado mi intrusa presencia, pero se limitó a hacer un "paneo". La blancura de mi ropón debió confundirse con el constante movimiento de los saris y los calados dorados que vestían las muchachas recién levantadas, mientras baldeaban los adoquines rotos al borde de los zaguanes que en la noche frecuentarían los hombres de la ciudad.

Me alejé avergonzada por haberme atrevido a espiarlo como una vulgar esposa celosa. Tal vez después del matrimonio se había planteado renunciar a su particular y peligrosa afición. Arieh era un tipo condescendiente con los timoratos y presumía de que le gustaba experimentar. Lo había hecho con las drogas en su juventud sin dejarse atrapar por los encantos de los excesos. Parecía controlar las situaciones más arriesgadas y su triunfo consistía en salir indemne mientras otros más débiles y proclives a los fracasos se quedaban atrás. Aquella mañana en Falkland Road sus rizos del color del azafrán enmarcaban el rostro serio y concentrado de un cineasta que se limitaba a reproducir lo que veía.

Habría querido contárselo en las sombras iluminadas por el reflejo de la pantalla. Pero la destemplanza me impedía ser coherente y, por primera vez en mucho tiempo, volví a reconocer la firmeza de sus dedos permitiéndole que me penetrara con la violencia que a él le gustaba. Habría querido decirle que lo sabía todo, pero en el delirio de la fiebre comprendí que, en realidad, lo ignoraba casi todo. Hasta los motivos que me habían llevado a sellar una relación tan condenada como las putas de Falkland Road. A pesar de la opresiva humedad, al fin logramos dormir. Atrapados en un insomnio perenne, Sandokán y la doncella india continuaban cantando atrapados en el televisor.

TRES

Al cabo de unos días, Sandra volvió a aparecer en la red cuando ya estaba a punto de darme por vencida y me disponía a abandonar el cibercafé: "He releído esta última entrega de Tomás y ahora, más que nunca, te doy la razón. El ánimo de los poetas ambulantes es de despedida. Sus actos son cada vez más suicidas y temerarios. Nunca antes habían empleado la intimidación, todo lo contrario. Eran enemigos de la violencia gratuita y frente a las agresiones mostraban una entereza zen. Pero ahora es otra cosa". Imagino a mi amiga escribiendo en un estado de turbación. Su tono es encendido. "Estoy de acuerdo. Nada que ver con sus aventuras anteriores en Berlín, donde propiciaron la caída del comunismo con sus enigmáticos eslóganes. Días enteros en los que el Muro aparecía empapelado con sus *dazibaos*. Mensajes poéticos que los jóvenes occidentales leían por megafonía para que desde el otro lado escucharan las palabras de aliento de los poetas. Tras lograr burlar la vigilancia, en las noches se deslizaban a la parte oriental y sobre las paredes de aquella vergonzante muralla con púas trazaban pintadas subversivas. Pero no exhortaban al desorden, sino a la resistencia pacífica por medio de escritos cifrados. Mucho se dijo sobre el papel que los comunistas desempeñaron para desmontar un sistema tan inhumano, pero lo cierto es que fueron ellos (los poetas) quienes incitaron al pueblo a derribar la pared con martillos y picos. Ahora, en este tercer libro, todo es muy distinto", le respondo. "Pienso que una ciudad como Tokio agobia a hombres como los poetas ambulantes. Son las luces y la muchedumbre a todas horas. Tokio nunca duerme y la falta de espacio parece ahogarlos. ¿Por qué Pineda los llevó hasta allí? ¿A qué tipo de rebelión pueden apelar en una sociedad a la que le gusta imitar hasta la perfección? Los japoneses son los maestros del mimetismo y la adaptación, mientras que ellos (los poetas) son escandalosamente originales. Creo que de ahí viene este brusco cambio en su comportamiento. Se sienten acorralados y responden con ira", reflexiona Sandra.

"Todavía recuerdo cuando leí el primer libro de los poetas. Era evidente que eran hombres heridos y en su destierro arrastraban un dolor profundo y mudo. Habían aparecido en las inmediaciones de un *camping* en el norte de España como extraterrestres que una nave dejó atrás. Los veraneantes no alcanzaban a comprender la presencia de aquellos siete individuos con evidentes señales de desnutrición y maltrato. Tenían aspecto de haber escapado de un campo de exterminio. Sus ropas estaban desbaratadas y andaban descalzos. En las noches, mientras los campistas hacían fogatas y barbacoas, escuchaban sus cantos desde el otro lado de la valla. Eran una suerte de poemas épicos en los que invocaban persecuciones y tormentos. Parecían llorar como lobos lastimados. Conmovidos por los relatos, poco a poco los habitantes del *camping* perdieron el miedo y la desconfianza. Los niños les arrojaban alimentos por encima de la cerca y, con el tiempo, los vagabundos parecieron recuperarse de su depauperación. Al final de la temporada, cuando ya no quedaban turistas en la zona, recogieron sus escasas pertenencias y se echaron a andar por la carretera rumbo a Europa del Este. Así fue como, en las dos primeras entregas, llegaron a Berlín antes de la caída del Muro."

No puedo evitar la emoción al evocar la primera vez que leí sus aventuras. El extraño relato de Tomás Pineda fluctuaba entre el desaliento y el anhelo, pero una nube de tristeza era el sello de su saga. Entre líneas se podía adivinar que aquellos lances de los poetas ambulantes eran el resultado de su historia personal. Un periplo vital que lo había conducido hasta un remoto pueblo del sur, desde donde no deseaba hablar con nadie ni aclarar lo que había vivido bajo la dictadura militar argentina. Aunque algunos periodistas viajaron hasta la comarca para entrevistarlo, no lo consiguieron. El más renombrado crítico literario del país llegó a escribir una crónica en la que contaba su infructuoso viaje a aquellos parajes, donde los pocos ancianos que aún vivían allí se encargaron de darle pistas falsas para que no diera con la casa de Pineda. Aparentemente, el escurridizo autor contaba con la complicidad de los lugareños, quienes parecían inmunes a las dádivas de la prensa. Por no haber, no había ni fotografías suyas y sus datos biográficos habían burlado el escrutinio policiaco de Google.

"Bien, dices que es inútil rescatar a los nipones del vacío de los móviles, los iPods, los Tamagotchi, las *webcams*. Pero los manganakas se acercaron a los poetas y se mostraron solidarios. Allí hay cientos de miles de seguidores Manga y los hay de todos los tipos. Si yo fuera Pineda, en la cuarta parte los poetas paralizarían la urbe colocando consignas en los inmensos anuncios que cuelgan de los rascacielos en Tokio, y llegarían a ser las estrellas del movimiento Manga. Sería una forma de reivindicar a sus personajes", me contesta Sandra. Intuyo que ahora la sangre se le ha subido a la sien y el corazón le palpita a la velocidad de la luz. Son raros los instantes en que mi amiga cede a la pasión y deja entrever resquicios de vulnerabilidad. ¿Pero acaso no era menos cierto que su única debilidad conocida era su querencia por Tomás Pineda?

"Hace días me diste a entender que podría tratarse de un adiós por parte de Pineda." La asalto por sorpresa aprovechando su voluble estado de ánimo con el propósito de que me cuente algo más. "¿Y si quisiera retirarse? Es sólo una suposición", me contesta rápidamente en la premura internáutica. "¿Por qué habría de hacerlo ahora, cuando lo conocen en otros lugares y su obra circula con el fanatismo de los perseguidos en las catacumbas?" "Pero ¿quién te dijo que le agrada la fama? A lo mejor está molesto con los idiotas que lo persiguen y los esnobs que están empeñados en llevarlo a programas de televisión", me increpa. Temo que mi amiga se desconecte de un momento a otro. Nos habíamos deslizado en arenas movedizas y procuro navegar para no hundirme. Reacciono rápidamente: "De acuerdo, pero tampoco tiene sentido mimeografiar un manuscrito y circularlo para luego meter la cabeza en un agujero. Hay algo que me desconcierta de él", me atrevo a conjeturar. "¿Cuándo regresas de tan absurdo viaje?" Ahora Sandra se desvía de nuestra conversación. Ella también sortea los escollos que le coloco en el camino. "¿Hasta cuándo vas a posponer tu cita con la escritura buscando excusas y dejándote arrastrar por ese errático muchacho?", insiste. No puede evitar referirse a Arieh como "ese muchacho". Por un instante pienso que es Francesca la que me escribe. "Una vez más estás en lo cierto. Las moscas y las vacas no me permiten concentrarme, pero todo lo que aquí me entra por los ojos me servirá para inspirarme. Te lo aseguro", le contesto con una mentira. "Desde que estoy en Bombay he soñado un par de noches con Pineda. Se me aparece como un tipo alto y muy delgado, con la cara demacrada. Creo que es rubio y tiene poco pelo", le confieso. "¿Y no te dice nada cuando se te aparece?" Ahora me la figuro ansiosa. Alguien comparte con ella fantasías en torno a su héroe literario. Aunque nunca me ha dicho que sueñe con él ni me ha planteado cómo se lo imagina. "No, las dos veces ha permanecido callado. Sólo me mira y luego ya no pasa nada. Por cierto, nunca me has dicho si tú también sueñas con él y qué aspecto tiene en tus ensoñaciones." Me arriesgo y vuelvo a la carga. "No me hace falta un retrato robot de Pineda. No necesito ponerle cara para conocer bien su obra. Además, ¿qué importancia pueden tener detalles nimios como su estatura o su complexión?"

Si el mensaje viniera acompañado de su voz, ésta tendría un timbre metálico y de fastidio. Pero hacía tiempo que no escuchaba a Sandra. Exactamente desde que la había visto por última vez, cuando finalizó sus estudios de secundaria. Yo había permanecido en el colegio de monjas, donde aún me quedaban tres cursos para terminar. Ella, que era de las mayores, se despidió con planes de recorrer los Estados Unidos antes de ingresar en la universidad. Desde mi perspectiva, aún adolescente, admiraba a esa chica con dotes de líder y aires rebeldes en el contexto mojigato de una educación religiosa. Recordaba a una Sandra rompedora y magnética que en los recreos nos instaba a unirnos a grupos anarquistas y recomendaba lecturas atrevidas para la época. Fue ella quien me habló por primera vez de Henry Miller y de Jack Kerouac. Poco después de marcharse recibí una postal desde San Francisco: era una foto en blanco y negro de la librería del poeta Lawrence Ferlinghetti, uno de los precursores de la Generación Beat:

Aquí estoy en City Lights, rodeada de los libros de nuestra juventud. Léelos ahora, porque con el tiempo se diluirán en la memoria.

Tu amiga,
Sandra

Luego ya no supe de ella, salvo por referencias lejanas que me llegaban por medio de amigas comunes. Al parecer, durante años anduvo perdida por Latinoamérica y suponíamos que se había instalado definitivamente en aquella parte del mundo. A partir de ese momento ya no tuve más noticias. Pero, años después, fue Sandra quien rescató del olvido nuestra amistad por medio de sus sobres con olor a pachulí. Como si su plan maestro incluyera el cometido de recuperarme en el tiempo y encomendarme una misión. Al principio insistí en que intercambiáramos números de teléfono para conversar más allá de nuestras comunicaciones virtuales y epistolares, pero nunca accedió a ello y ni siquiera dio una explicación a tan caprichosa negativa. Lo cierto es que me habitué a conversar con ella por internet. En cuanto a su voz, la recordaba sorprendentemente aniñada. Un detalle que chocaba con el peso de sus palabras. Sandra, cuyo rostro encerraba la incógnita de quienes no son ni guapos ni feos, tenía el cuerpo esbelto de una bailarina. O al menos ésa era la imagen difusa que aún conservaba de ella, cuando la veía avanzar por los pasillos del colegio con la energía de un remolino inquieto. Siempre dispuesta a montar un mitin a espaldas de las monjas, seres ajenos a la literatura subversiva que mi compañera propagaba en el patio antes de la campanada que anunciaba el fin de la jornada escolar.

Cuando volvió a contactarme, a mi amiga de la adolescencia ya no le interesaban aquellos autores Beat ni las situaciones *risqués* de un Henry Miller que resultaba algo trasnochado. El vaticinio de su postal se había cumplido y los periplos vitales de los Kerouac y los Allen Ginsberg pertenecían a reminiscencias juveniles. La primera carta que recibí de Sandra coincidió con una de mis crisis recurrentes de escritora incipiente, víctima de un crónico "gatillazo" literario que mi jefa, empleando la elegante jerga del mundillo literario, calificaba de "bloqueo de autor". Sin ir más lejos, cuando se estancaba una de las escritoras que publicábamos en la colección Amazonas, de inmediato Francesca presionaba a su agente literario para que propiciara el acto de la creación. A una de ellas llegaron a encerrarla en una casa rural perdida en lo alto de una montaña, a la que sólo accedía un guardés que semanalmente llevaba víveres a la infeliz para que no muriera de inanición. Mientras tanto, la novelista lucubraba la segunda parte de un libro sobre una mujer que acaba de pasar por una ruptura amorosa y se refugia en un poblado de pescadores, donde conoce a un curtido marinero que le devuelve la ilusión de vivir con los placeres simples y terrenales. La reconocida autora de *best sellers* acabó la novela en el tiempo récord de tres meses, seguramente azuzada por las ansias de liberarse de aquel encierro digno de un faquir. A cambio, la editorial le apalabró un jugoso premio literario.

En más de una ocasión llegué a sospechar que formaba parte de una red de mujeres a las que Sandra "motivaba" por medio de sus misivas. Quizá desde su refugio mallorquín había montado una agencia de incentivo literario para casos desesperados como el mío. Me preguntaba si entre sus "clientes" había hombres porque, en gran medida, su tarea era la de reconducirte hacia una estética y pensamiento que se pudieran intercambiar indistintamente, más allá del sexo y con el objetivo de una literatura con valores globales y no de género. Es decir, si por ella hubiera sido, la escritora confinada a la montaña no habría vuelto a la civilización mientras su novela despidiera el tufo inconfundible de estrógenos y progesteronas. Lo que nunca me aclaró es si aspiraba a una literatura *unisex* o, siguiendo un planteamiento más radical y propio de ella, lo que buscaba era una literatura de patrones universalmente masculinos. "El mejor y más logrado retrato de una mujer lo hizo Flaubert, cuyo contacto con el sexo opuesto fue más bien limitado", me llegó a escribir.

En mi caso era obvio que la terapia de Sandra consistía en inocularme el universo y la prosa de Tomás Pineda. Y era verdad que me había dejado seducir por sus poetas ambulantes, cuyo ámbito era totalmente masculino. No había cabida para las mujeres ni ellos parecían interesados en establecer relaciones con ellas. "Tienen el ascetismo de los samuráis. Hay momentos en los que pienso que sus inclinaciones son homosexuales, lo que, por otra parte, era una práctica común entre aquellos guerreros", le comenté alguna vez. Pero ella insistía en que ésa era una observación frívola por mi parte y que a Pineda le interesaba sobremanera el universo femenino. "No sé cómo puedes llegar a tan peregrina conclusión cuando no existimos en su obra", le digo. "Precisamente porque no nos menciona. Entre otras cosas, los siete poetas buscan el amor que una vez perdieron. Ésa es una de sus maldiciones", me rebate. "Entonces, ¿crees que Pineda vive enamorado? Puede que comparta su vida con una mujer, aunque siempre he pensado que hoy en día es un anacoreta", le lanzo una hipótesis. "Desconozco la actual situación sentimental de Tomás pero, por lo que se deduce de sus historias, es evidente que alguna vez conoció el amor", sentencia.

A diferencia de Sandra, me resultaba difícil captar el toque sentimental en las historias de los siete poetas ambulantes. A mi juicio, los relatos de Pineda despedían algo inhóspito y áspero. Leerlos era un reto porque la poesía parecía surtir de un erial. Todo era desesperanza y los poetas deambulaban en un mundo donde sólo había injusticias y desolación. Si nunca hablaban del amor ni se lamentaban por la pérdida de una mujer a la que un día pudieron desear, ¿de dónde sacaba mi amiga que Tomás Pineda tenía el menor interés por una subtrama romántica? Esa tesis me parecía demasiado rebuscada, precisamente por la ausencia total del tema en su obra.

"Si yo escribiera la saga de los poetas sin tierra, me atrevería a enredarlos en historias de amor", le formulo. "Bravo, cada vez estás más cerca de sentarte a escribir, o por lo menos juegas con la idea. Ah, y no sólo eso. Te pones en el lugar de Tomás y te atreves a descolocarle sus personajes", me contesta Sandra en su papel de agente de una escritora sin obra. "No sé si llegaría a tanto como usurparle su trama y desbaratarla, pero si fuera él liberaría a los poetas de una existencia asceta que, hasta ahora, incluye el celibato. ¿Dónde, según tú, radica su interés por el erotismo y el deseo? Son nulos en su obra", le refuto. "Sin embargo, a mí los poetas me parecen unos tipos sensuales, como gauchos que avanzan en la Pampa. Así me los figuro." Me sorprende esa imagen. Nunca los había retratado mentalmente como unos hombres que alguna vez fueron corpulentos. Incluso tenía dudas sobre su virilidad. Una vez más, ¿cómo llegaba a tan extrañas conclusiones si los relatos de Pineda no apuntaban a nada de lo que ella parecía ver? "Tus observaciones a veces me desconciertan. Ambas leemos los mismos textos y tú llegas a visualizar unos camperos vigorosos mientras yo me quedo en la descripción de siete individuos huérfanos y soñadores. ¿No será que lees entre líneas?", le respondo confundida. "Exacto, mi querida Andrea. La verdad se halla oculta entre esas líneas que componen el texto mimeografiado que yo te envío en sobres olorosos."

Es la voz diáfana de Sandra, que en raras ocasiones surge de un corazón atrincherado en las playas de una isla en la que se guareció para curarse de unas heridas que no se atreve a mencionar. Como los poetas ambulantes. Como el propio Pineda. Incluso como yo. Una vez más estoy perdida en una ciudad que no es la mía, lejos del escritorio junto a la ventana de mi piso madrileño. Sin atreverme a encender el ordenador que se oxida con el salitre sobre la silla de una habitación de hotel. No hay moscas ni vacas en Bombay como las que me persiguieron en Benarés, pero, por mucho que me esfuerce por ser una turista aplicada junto a mi guía, ni las calles, ni los olores, ni la gente me conducen hasta una deuda interior que he de resolver. Una historia en la que sobran Arieh y sus apetitos, que ya no son los míos y posiblemente nunca lo fueron. Debería defenestrar a Tomás Pineda y apropiarme de sus poetas. Porque, ahora más que nunca, los está enterrando en vida en una ciudad que tampoco para ellos es la suya. Tokio los descamina como a mí me aturde el desorden de Bombay. Por eso ninguno de los ocho (ni ellos ni yo) tenemos capacidad para amar.

Se ha hecho de noche en el cibercafé del barrio de Colaba y ya están a punto de cerrar. Sandra se ha esfumado del ciberespacio y la pantalla es un cielo abierto y limpio. Debió quedarse dormida sobre la mesa, desvencijada y exhausta como un psiquiatra después de una ardua sesión con un paciente incurable. "Seguro que está soñando con Tomás", pienso. Por primera vez lo he llamado por su nombre de pila. Como si yo también lo conociera desde hace mucho.

CUATRO

"Mi plan es permanecer en Bombay un mes más y luego trasladarnos al estado de Kerala. De todas formas, no creo que tengas demasiado que hacer en Madrid", me dijo Arieh cuando faltaba poco para regresar a Madrid. "¿Cómo crees que me puedo quedar tanto tiempo? ¿Quieres que pierda mi trabajo?", le respondí, y me odié mientras contenía inútilmente mi enojo. Me delataba el tono chillón que no podía evitar cuando me sentía violentada y a la vez incapaz de imponerme al otro, a los deseos de Arieh. Tal y como me habría dicho Francesca con desdén. O la propia Sandra, sólo que sin mencionarlo directamente, sino empleando su particular sutileza y recordándome que perdía mi tiempo miserablemente en países exóticos que, contrario a lo que yo pudiera pensar, me alejaban de mi eje.

"¿Y qué pasaría si no trabajaras más para esa arpía con ínfulas de devoradora de hombres? No ocurriría un carajo, mi amor. Tú lo sabes mejor que nadie", me contestó Arieh exasperado. Lo peor de todo es que tenía razón. Nada cambiaría si no regresaba a mi cubículo, sobre el cual se acumulaban cientos de manuscritos inéditos. Mi jefa contrataría a otra aprendiz que, con suerte, acabaría por absorber la fórmula del *best seller* y con el tiempo se convertiría en el recambio de Francesca. Pero nos habíamos habituado a pelear por todo. Desde el principio nuestra relación se había cimentado en una riña continua por el control, y el patrón siempre fue el mismo: Arieh dominaba las situaciones y yo fingía rebelarme, cuando lo cierto era que me rendía en el primer *round*. Sus amistades eran los únicos amigos que frecuentaba. La superflua música *indie* que tanto le gustaba flotaba en el departamento a todas horas como una irritante *muzak* de ascensor. Viajábamos en aviones que nos llevaban a ciudades distantes que él escogía. Había permitido que me colonizara con su estilo falsamente complaciente y hechicero porque era el modo más cobarde de no enfrentarme a lo que verdaderamente deseaba pero por lo que no estaba dispuesta a luchar. Tal vez por esa misma razón me había amurallado contra la idea de tener descendencia. No dejaba de ser un golpe bajo por mi parte al emplear la única, la más fácil arma de la que disponía: el control total de mi cuerpo y mi aparato reproductor. Arieh podía llevarme y traerme a su capricho como una afligida muñeca de trapo, pero nada podía hacer para manipular a su antojo mis ovulaciones. Me podía asaltar de madrugada y someterme a las posturas más degradantes, pero era yo quien administraba el grifo de mi fertilidad. Cuanto más me lo pedía en los momentos de fragor sexual, mayor era mi resistencia a ofrecerle lo que acabaría por atarme del todo a él. Pero ¿entonces no habría sido más razonable separarnos y acabar con una contienda que no tenía fin? Por eso Arieh se refugiaba en el ardor y la entrega incondicional de unas putas todavía impúberes. Y yo, como la más desalmada de las alcahuetas, simulaba ignorarlo porque me convenía. Mucho más grande era mi perversión que su debilidad. Sabedora de todo mientras mi esposo vivía el engaño de creer que yo era una más de sus víctimas.

"No seas terca y quédate conmigo. Podemos alquilar una casa en Cochin para que empieces la novela. Prem nos ayudará a encontrarla", me dijo Arieh mientras cosquilleaba mi cara con sus rizos. Estábamos tumbados sobre la cama y en una esquina del techo dormitaba una oruga. "¿Y qué le digo a Francesca?", le respondí a modo de capitulación. "Pues que el monzón nos tiene atrapados." Sus labios habían descendido hasta mis pezones. "Si invento algo tan poético", le contesté desarmada por su ocurrencia, "me propone que le escriba uno de esos libros que tanto le gustan". Ahora es mi boca la que lo sorbe a él. En Bombay no llovía desde hacía días y las palmeras habían adelgazado con el calor, pero estaba dispuesta a mandar un mensaje que comenzara diciendo: "El monzón nos tiene atrapados". Como si fuera el principio de la novela que no era capaz de escribir aunque Prem me instalara en el Palacio de los Vientos y Arieh tomara por asalto el Taj Mahal a cambio de que le diera un hijo.

Las semanas se deslizaban y los correos de Sandra no se asomaban a la pantalla. Permanecía horas en el cibercafé, donde ya formaba parte de la comunidad extranjera que frecuentaba el garito en busca de noticias que nos conectaran con lo que habíamos dejado atrás. Nos conocíamos de vista, pero yo procuraba no intimar con nadie. No tenía deseos de escuchar historias de gente extraviada. Aventureros que habían perdido el compás de sus vidas. Y mucho menos verme en la obligación de contarles sobre mí. Tener que confesarle a un desconocido que no sabía cuándo volvería a mi ciudad porque no había tenido la valentía de subirme a un avión y abandonar a mi esposo, a punto de convertirme en una desempleada crónica, pero con un secreto anhelo de desaparecer y hacerme pasar por muerta. En vísperas de embarcarme en una travesía a orillas de la verde y frondosa región de Kerala.

Varias veces comencé a escribir un largo mensaje a Francesca explicándole los motivos por los cuales ya no pensaba reincorporarme a la editorial. Pero a medio camino lo borraba y empezaba otro nuevo. Le detallaba mis frustraciones y mi impaciencia con la literatura "femenina" y falsamente "feminista" que tanto le entusiasmaba. "Bazofia para amas de casa conflictuadas", llegué a escribir. Pero enviaba el mensaje al icono del basurero virtual donde acaban todas las malas ideas. Los cuentos inservibles.

Las sinopsis gastadas. Volvía de nuevo a empezar mi carta de renuncia. Entretanto, observaba a los otros "expatriados" que, ansiosos, se conectaban con el mundo casi todas las tardes. La pareja de yonquis que nunca pudo salir del círculo de la heroína cuando, siendo jóvenes y *hippies,* llegaron hasta allí en busca de paraísos artificiales. Eran italianos y debían rondar los sesenta años. Ella debió ser muy bella porque aún conservaba los rasgos refinados en un rostro saqueado y sin dientes. A él lo acompañaba un perro viejo y sarnoso que cojeaba como su amo. De noche dormían en la calle y en las mañanas pedían limosna junto a otros drogadictos que nunca más pudieron regresar a sus hogares.

Las alumnas de un *ashram* solían sentarse frente a mí. Cuatro muchachas que apenas llegaban a la veintena y habían viajado a la India para acudir a un retiro espiritual con su gurú. Eran de California y reían con desparpajo. Si no hubiera sido por las túnicas de colores que las cubrían hasta los pies, las habría confundido con doradas surfistas de Laguna Beach. Eran rubias, robustas y hermosas. Les sentaban bien la meditación y los cánticos al alba. El alegre cuarteto coqueteaba sin malicia con unos camareros jovencitos que no se atrevían a mirarlas a los ojos. Era evidente que el celibato que se habían impuesto no duraría demasiado. Sus cuerpos rotundos no estaban hechos para la abstinencia y el ayuno.

Ensayé la fórmula del sarcasmo para despedirme de Francesca, pero me sentí ridícula adoptando su tono favorito: el de la condescendencia. Quise decirle que me quedaba en la India por amor a Arieh y porque apostaba por mi realización personal antes que pudrirme en el cubículo de su editorial, pero lo borré enseguida al imaginarla riéndose a carcajadas con mis mentiras patéticas. Mi jefa intuía que mi relación boqueaba y no perdía ocasión para decirme lo que pensaba de mi pareja. Aunque muchas veces sospeché que, en el fondo, Arieh le resultaba un tipo muy atractivo. Francesca nunca se había casado, pero era una conquistadora de hombres a los que solía enamorar perdidamente. A pesar de haber alcanzado el medio siglo de vida, conservaba un cuerpo atlético y un apetito voraz en la cama que nunca confundió con lo que ella llamaba "las distracciones del amor".

Diariamente aparecía en el cibercafé de Colaba un hombre joven que vestía la ropa tradicional hindú. Por la cantidad de libros que solía portar, debía ser un universitario. Pasaba largas horas frente al ordenador y por su expresión, intensa y reconcentrada, parecía estar enfrascado en un chat virtual que iba y venía con la rapidez de una pelota de *ping-pong*. Podía adivinar cuándo se contrariaba o cuándo se emocionaba. Era evidente que su interlocutor era una persona de quien estaba irremediablemente enamorado, pero debía de estar lejos y le resultaba inalcanzable. Yo imaginaba que se trataba de una mujer perteneciente a otra casta. Un amor imposible que rompía las reglas de los matrimonios concertados. O, más grave aún, una extranjera que había conocido en Bombay y ahora le escribía mensajes apasionados desde otro cibercafé en Amsterdam o en París, animándolo con sus cantos de sirena emancipada a que diera el salto al vacío y renegara de sus costumbres ancestrales. Cada día, aquel estudiante desesperado tecleaba furioso y ajeno a las risas de las cuatro muchachas predestinadas a no cumplir su promesa de castidad.

Entretanto, Sandra andaba desaparecida y mis mensajes no obtenían respuesta. Tal vez se le había presentado un viaje imprevisto. Aunque sólo una fuerza mayor podía apartarla de su retiro mallorquín, quizá se había atrevido a viajar hasta el pueblo del sur donde nunca nadie había dado con Tomás Pineda. Cuando mi amiga no daba señales de vida y con sus silencios se eclipsaban las continuas referencias a nuestro escritor favorito, sentía que dentro de mí se vaciaba la curiosidad por él. Incluso olvidaba durante días el periplo de los siete poetas ambulantes. Atrapados en la tercera entrega en una ciudad inhóspita y fría como Tokio. A la espera de que su autor se apiadara de ellos y los sacara de allí. Si Sandra se esfumaba, Pineda y sus personajes se evaporaban de mi memoria. Ahora sólo me ocupaba la carta que no acababa de enviarle a mi jefa. Me paralizaba el miedo a romper del todo con mi vida anterior. Acomodada en la mediocridad de un trabajo gris pero seguro. "Lectora" de manuscritos que se me caían de las manos. Interminables consejos femeninos sobre el amor, sobre las dietas, sobre los hombres, sobre los hijos, sobre la menopausia. *Best sellers* seguros que las mujeres leían en los autobuses con el entusiasmo de quien va a hallar la clave de la felicidad antes de bajarse en la próxima parada.

¿Pero acaso no era menos cierto que yo también cifraba mi salvación en los libros de Tomás Pineda? Algo que Sandra se había encargado de inculcarme desde su guarida en una operación que no tenía indicios de ser improvisada. Al cabo de los años había surgido de la nada con cartas olorosas y acompañadas por el señuelo de los manuscritos. Y yo había caído en la trampa de la seducción literaria, resignada a no obtener respuesta a ninguna de mis preguntas, salvo las que ella contestaba deliberadamente. Yo también viajaba en un autobús, absorta y secuestrada por unos hombres errantes. Sólo que, a diferencia de los libros que publicaba Francesca, su saga no ofrecía bálsamos que sanaran heridas ni lonas que amortiguaran los golpes. Mi jefa nunca le habría firmado un contrato a Tomás Pineda. Era alérgica a los escritores malditos por considerarlos unos perdedores disfrazados de *enfants terribles*.

Aunque mi vieja amiga seguía sin acusar recibo de mis mensajes, una tarde particularmente calurosa me refugié del bochorno en el cibercafé. Hasta ese momento había albergado la esperanza de encontrarme con uno de sus correos antes de mandar todo al traste con una carta de dimisión. Un deseo que, por otra parte, resultaba descabellado porque las misivas de Sandra apenas hacían referencia a los detalles de mi vida personal. ¿De qué modo sus reflexiones y obsesiones literarias podían incidir en mi decisión? Sin embargo, habría querido tener noticias de ella antes de escribir por enésima vez una sencilla carta de renuncia. Después de dar tantos rodeos e imaginar diversas reacciones por su parte, finalmente confeccioné un escueto mensaje:

Querida Francesca:

Por imprevistos que han surgido a última hora, no podré integrarme a la editorial hasta octubre. Supongo que, teniendo en cuenta el concurso literario que estás a punto de lanzar, deberás contratar a otra persona para leer los manuscritos. Siento el inconveniente que esto te pueda causar, pero por el momento me es imposible volver. Espero comprendas mis motivos. A mi regreso te llamaré. Arieh te manda recuerdos.

Cariños,
Andrea

Se trataba de una carta opaca y medrosa. Palabras escritas por una vulgar secretaria. Propias de un funcionario o un amanuense. Al leerla, mi jefa estaría contenta de haberse deshecho de mí sin el menor esfuerzo. Una oportunidad única para encontrar una asistente con visión a la hora de elegir los manuscritos que dormitaban sobre la mesa y dar con la trama perfecta que saciaría las fantasías de las lectoras. Un éxito de ventas asegurado. A salvo de la desidia de alguien que ni siquiera se atrevía a decir adiós empezando por *El monzón nos tiene atrapados...*

Era tanto el calor que apenas se sentía el aire acondicionado en el café. El perro de los yonquis dormitaba babeante en un rincón y una de las muchachas californianas escuchaba música en su iPod, mientras se balanceaba ligeramente al compás de un ritmo que sólo ella podía escuchar a la vez que cerraba los ojos para concentrarse mejor. Mi vestido de hilo estaba empapado y casi no tenía fuerzas para llevarme a los labios el vaso de té. Miré por última vez el mensaje para asegurarme de que no le faltaran acentos o le sobraran comas. Con un clic le di a "enviar" y una flecha azul que avanzaba lentamente como la temperatura de un termómetro indicaba que ya estaba en órbita y en camino al buzón de Francesca. Ya no podía dar marcha atrás y arrepentirme. Mi renuncia viajaba a toda velocidad en el espacio virtual, desafiando las leyes del tiempo y la distancia. Mi jefa, que era una adicta a las largas jornadas laborales, a esas horas todavía debía estar en su despacho ultimando los compromisos del día siguiente.

Al salir del cibercafé me encaminé hacia el paseo marítimo de las Puertas de la India con la vana ilusión de refrescarme. A pesar del calor asfixiante, las familias inundaban las calles y los niños se entretenían viendo los barcos que desfilaban en la bahía. Habría querido comprar un helado, pero resistí la tentación por temor a las bacterias. A diferencia de Arieh, mi organismo no se había hecho inmune a las precarias condiciones higiénicas y debía cuidarme de las infecciones estomacales que al menor descuido me atacaban. Un enorme sol que quemaba la piel por fin se mostró compasivo y poco a poco se escondió en el horizonte. Mientras lo veía descender como un ovillo de fuego que se deshilachaba comprobé que carecía de defensas para la vida.

CINCO

Todo marchaba como había previsto Arieh. Le faltaban unos días más de rodaje en Bombay y después viajaríamos a Kerala, donde un amigo de Prem nos tendría dispuesta una casa en la ciudad portuaria de Cochin. Desde allí se desplazaría a otros puntos para continuar la filmación del documental y yo me quedaría cómodamente instalada con la ayuda de una sirvienta. "Esta vez no tendrás excusa para no escribir. Vas a vivir como un maharajá y tu única preocupación va a consistir en llenar páginas y más páginas. Por cierto, ¿has sabido algo de la bruja de tu jefa?" "Hace días que no reviso mi correo. Vete a saber si me respondió o no", le contesté con otra de mis mentiras.

En mis visitas diarias al cibercafé me había encontrado con el símbolo de un sobre cerrado. Era la contestación de Francesca a mi carta de renuncia, pero no me había atrevido a abrirlo. No quería conocer su respuesta. O tal vez ya la sabía y para qué redundar en lo que imaginaba que sería su reacción. Una vez más había huido hacia delante y ya no había cabida para el arrepentimiento. Seguro que hacía mención a mi esposo empleando la condescendiente expresión de "tu chico". Según ella, él era el responsable de todos mis tropiezos. Porque, en el fondo, Francesca siempre me había percibido como una adolescente que nunca creció. Pensándolo bien, creo que ni siquiera era consciente de mis deseos de ser escritora. De mi vocación por un oficio que no ejercía. Simplemente me veía como una eterna "lectora" de manuscritos. Una mujer instruida y con muchas lecturas, pero con una peligrosa debilidad por la ficción atormentada y fatua de los autores de culto. En cierta ocasión me aventuré a mencionarle a Tomás Pineda y su respuesta fue tajante: "No tengo paciencia con los aspirantes a Salinger y Pynchon. Si no da la cara y no está dispuesto a promocionarse en la tele y las giras, que se quede con sus *groupies* pedantes. Además, no me interesan las aventuras inviables de sus poetas malditos". Acerca de su sarcástico comentario, en aquella oportunidad Sandra me escribió: "Es evidente que pierdes tu tiempo con esa idiota obsesionada con la literatura femenina. Otra especuladora de sentimientos dedicada a inflar la industria con más de lo mismo. Como si no tuviéramos suficiente con las vacas sagradas de este subgénero. ¿Cuántas sagas más de mujeres? ¿Cuántas recetas afrodisiacas para amas de casa al borde de la locura? Las *Madame* Bovary que no saben quién es Flaubert ni la suerte que corrió la desdichada Emma. Esa loca de provincias, álter ego de las mujeres desesperadas que ahora viven en chalés adosados". Era la Sandra de la mala leche y la vena hinchada en la frente cuando algo la indignaba. Así la recordaba de los tiempos del colegio. Llena de brío y dispuesta a pelearse por las causas más peregrinas. Distribuidora de literatura subversiva que las niñas nos pasábamos de mano en mano. Cuando ni tan siquiera podía imaginar que acabaría como Robinson Crusoe en una isla. Monotemática y obsesionada con los libros de un solo autor tras haber renunciado a las distracciones mundanas por motivos que yo era incapaz de desentrañar. Aun así, de cuando en cuando dejaba asomar alguna de sus reflexiones ácidas, sobre todo si se trataba de Francesca, de quien tenía la peor opinión por los comentarios que yo, intencionadamente y de manera sesgada, le hacía de ella. En mi compañera de adolescencia había encontrado a otro aliado para culpar a mi jefa de muchos de mis fracasos.

Tras su silencio, Sandra reapareció cuando le escribí comunicándole mi renuncia. "Siempre pensé que debías abandonar esa maldita editorial. No podías continuar leyendo novelas de autoras histéricas. Todo se pega y acabarías por escribir como ellas, con señoras volando o teniendo corazonadas por medio de mensajes que alguna tía difunta les hace llegar desde el más allá. Lástima que no lo hayas hecho por ti, sino por ese muchacho con el que te casaste. Arrastras demasiadas anclas, querida Andrea", me contesta entre el afecto y el regaño. Mi tono es reivindicativo: "No lo juzgues con tanta dureza. Es él quien me ha propuesto que me quede aquí escribiendo mientras filma su documental". "¿De veras crees que su mayor interés es que acabes de escribir una novela o que no lo dejes solo en sus andanzas? No te reconozco. ¿Qué pasó con aquella jovencita impetuosa que en el colegio quería comerse el mundo? ¿La que en los recreos me mataba a preguntas sobre tal o cual escritor? ¿La que parecía estar destinada a escribir y en algún punto del camino se cayó sin poder levantarse hasta el día de hoy?" Son escasas las ocasiones en que Sandra rememora el pasado. "A lo mejor sólo se trataba de los sueños típicos de muchacha. Cosas de chicas. Y tú te dedicabas a alimentar mis fantasías con aquellas novelas de los Beat. Incluso jugamos con la idea de escaparnos y hacer un viaje por carretera en los Estados Unidos. Pero te marchaste y yo me quedé rezagada, buscándome la vida alejada de mi familia. Tal vez sólo tengo ínfulas de escritora. Nada más", le contesto a la defensiva. "Es verdad que recuerdo de ti una expresión de orfandad aunque tenías padre y madre. Tus ojos despedían la melancolía de quien nació extraviado, siempre en busca de un sitio desconocido. Por eso pensaba que llevabas por dentro la herida que te haría escribir. Una perpetua insatisfacción que sólo la literatura podría aliviar. Lo sigo creyendo." Ahora ha recuperado el discurso "motivacional" de una *scout* literaria. "Créeme que nunca he estado más cerca de conseguirlo, ahora que he dejado la editorial y me puedo aislar unos meses. Lejos de cualquier distracción." Sólo digo y garabateo verdades a medias. Mi amiga desconoce que mi matrimonio es un fiasco y que mi marido prefiere estar en brazos de putas famélicas. "Te equivocas, Andrea. Estar tan lejos de tu ciudad y tu hogar es un desvío que te arranca del centro que necesitas para crear con sosiego. Por muy hermosa y exótica que sea la India, ni sus olores, ni sus calles, ni sus perros despertarán en ti las evocaciones indispensables para tirar del hilo de tu narración. Mi consejo es que vuelvas cuanto antes y te refugies en tu escritorio, junto a tus lapiceros y tus fotos. Nada de lo que está allá afuera te inspirará tanto como lo que llevas por dentro." Sandra tiene razón. Siento ganas de llorar al recordar mi mesa contra la ventana. "Pero Arieh ya ha conseguido una casa. No puedo hacerle eso. Marcharme así, de pronto." Soy incapaz de reprimir las lágrimas y el estudiante desesperado que teclea frenéticamente en el cibercafé me mira de soslayo. "Por tu respuesta intuyo que querrías hacerlo pero no te atreves. Pues ten coraje y hazlo de una vez. Dile la verdad a ese muchacho, y si te quiere como es debido lo comprenderá. Como buena huérfana te aferras a cualquier afecto, pero saca fuerzas y regresa a casa por tu bien. Ya basta de consejos por hoy. Tal vez yo no sea la persona más indicada para exigir tu independencia." Como es habitual en ella, se desconecta bruscamente dejándome con una borrasca de dudas. Un ciclón mental acompañado de un llanto silencioso.

"Is there anything I can do for you?", me pregunta cortés el estudiante tras acercarse hasta mi mesa. Le doy las gracias por su amabilidad, pero en realidad no hay nada que pueda hacer por mí. "Here, have my handkerchief", y me seco las lágrimas con el pañuelo que me ha brindado, cuyas iniciales bordadas son S. L. "I would have never thought you had any reason to be sad. You always look so alive." Me sorprende su comentario, como si creyera conocerme bien a fuerza de observarme de lejos. Le digo que no debe confundir mi concentración al escribir con un estado de felicidad. A pesar de ser un perfecto desconocido, me atrevo a decirle que me siento desorientada en su ciudad.

"If you don't mind, I would gladly show you Mumbai one of these days. Then you might not feel so lost." Por primera vez desde que visito el cibercafé, el estudiante desesperado muestra sus blanquísimos dientes al sonreír abiertamente. Declino su invitación para hacer de guía. Sería traicionar a Prem, pero no añado nada más. "Are you sure you're fine now?", insiste en tenderme una mano. También por vez primera descubro que es un hombre guapo. De su tez oscura resaltan unos rasgados ojos verdes. Sería tan fácil decirle que me enseñe todos y cada uno de los miles de templos ocultos en la ciudad. Que yo también lo sanaría a él de la obsesión secreta que lo empuja a teclear sin descanso frente al ordenador de alquiler. Nos curaríamos mutuamente. Sin embargo, me limito a darle las gracias y a anunciarle que en pocos días me marcho de Bombay. Quiero decir, Mumbai. Gentil y desilusionado, se despide de mí y regresa a su mesa.

Cuando salgo del cibercafé ya ha oscurecido y en las calles de Colaba el silencio resulta inquietante sin los ruidos que durante el día mantienen vivo el barrio. Esa noche sueño que escapo con S. L. Viajamos en un tren abarrotado y compartimos asiento. Mi cabeza reposa en su hombro. Cuando está a punto de contarme su historia me despierto sobresaltada y bañada en sudor. Arieh nunca vino a dormir. No puedo comunicarme con él porque su móvil permanece apagado. La ciudad amanece de color violeta.

"Si no le importa, en la mañana debo llevar a mi esposa al médico. Pero a primera hora de la tarde la puedo recoger. No creo que sea buena idea que vaya sola a Falkland Road", me contestó Prem al otro lado del hilo telefónico. Había esperado a una hora prudente para avisarle que estaba preocupada porque Arieh no había dado señales de vida desde la noche anterior. "Seguramente su esposo se quedó rodando toda la noche. No se preocupe, él sabe cuidarse bien y allí ya lo conocen", añadió con su habitual dulzura para tranquilizarme. Quedamos en vernos en el cibercafé a primera hora de la tarde, pero antes de salir del hotel decidí llevar mi vieja cámara Canon. Me la habían regalado mis padres como un tímido gesto de acercamiento. Hacía unos años que vivían retirados en un pueblo de la costa alicantina y en ocasiones les enviaba fotos de los sitios que visitaba con Arieh. Era una forma de hacerles ver que los tenía presentes a pesar del distanciamiento que desde muy joven les había impuesto. Sabía que a mi madre le gustaba coleccionar los sellos de los países lejanos que ellos nunca tuvieron oportunidad de visitar.

Le pedí al conductor del *rickshaw* que me llevara a Mani Behvan, la casa museo de Gandhi situada en un barrio acomodado de Malabar. Me distraje viendo la exposición de sus objetos personales y al salir le pedí al guardia que me retratara en la entrada. A media mañana caminé descalza en un templo jainista donde los devotos del dios Mahavira depositaban arroz, flores y abalorios a modo de ofrendas. A la salida compré un collar de caléndulas que me colgué al cuello. Mientras descansaba a la sombra en un parque cercano recibí un mensaje de texto en mi móvil: "Perdona por no haberte avisado que no iría a dormir. Hubo complicaciones con la filmación. Haz una reserva para esta noche en un restaurante de Colaba. Nos merecemos celebrar fin de rodaje en Bombay. Besos, Arieh". Me limité a borrar el texto antes de continuar mi excursión por la ciudad. Quería llegar al cibercafé con tiempo para abrir mi correo antes de encontrarme con Prem, pero primero me desvié hacia las Puertas de la India, donde tantas veces me había refugiado para contemplar los formidables crepúsculos a orillas del Mar Arábigo. Como siempre, el paseo estaba repleto de familias junto al Arco del Triunfo. Una amable pareja me tomó una foto cuando comenzaba la danza de colores en el cielo y me atreví a comprarle a un vendedor ambulante un zumo de mango que bebí despacio mientras me dirigía a mi habitual sitio de reunión.

Aquella tarde el cibercafé me pareció más silencioso y vacío que otras veces. Eché en falta el bullicio de las chicas californianas, que con afecto les habían regalado bombones a los alborotados camareros antes de regresar a los Estados Unidos. Aquellos turbados muchachos confundían la amabilidad del alegre cuarteto con síntomas de laxitud moral. No faltaba la pareja de yonquis italianos y su perro. Los tres cabeceaban en una esquina, tal vez cansados de esperar una nota de anhelo que nunca les llegó. Mi correo estaba inundado de mensajes que eran publicidad encubierta y los fui abriendo uno a uno. Mientras revisaba la correspondencia apareció mi amiga en la red: "¿Estás o no estás? Necesito comunicarme contigo". Por una vez fui yo quien no contestó. Debía resolver asuntos pendientes y no tenía tiempo para discutir la obra de Tomás Pineda. Me limité a desconectarme. Antes de salir me di cuenta de que la mesa donde siempre se sentaba el estudiante desesperado permanecía vacía. Por primera vez desde mi llegada a Bombay, S. L. no había acudido a su cita diaria.

Mientras nos dirigíamos a Falkland Road, Prem me hablaba con entusiasmo de la ecografía de su nuevo bebé y yo fingía mostrar interés para no ofenderlo. Pero apenas prestaba atención a sus comentarios sobre el latido del feto y lo bien formadas que ya tenía las extremidades. "Me preocupa que sea otra niña", me dijo con cierta congoja. En otro momento le habría rebatido esa observación y nos habríamos enfrascado en una de nuestras largas conversaciones sobre las tradiciones de su país. Pero esta vez sólo asentí distraída, al mismo tiempo que me fijaba en el paisaje urbano que íbamos dejando atrás: las filas de palmeras tropicales, los anuncios lumínicos de los cines, la elegante estación Victoria, una réplica extemporánea de la que había en Londres. Tan anacrónica como el amor que una vez había sentido por Arieh. Cuando llegamos a las inmediaciones de la zona roja ya era de noche y la larga calle olía a fritanga y a sexo.

"Es mejor que me dé la mano", me dijo Prem mientras procurábamos abrirnos paso entre la multitud de hombres que a esas horas comenzaban a deambular por el barrio. Muchos ya estaban bebidos o drogados, y los proxenetas mostraban la mercancía humana que hacía grotescas contorsiones en el interior de las jaulas. Era difícil adivinar la edad de aquellas mujeres barridas por las enfermedades venéreas, la desnutrición y el maltrato que inútilmente intentaban ocultar con un tupido maquillaje y el exceso de *kohl* en los ojos. Muchos eran eunucos travestidos. Parias que complacían las fantasías homoeróticas en una sociedad en la que la homosexualidad es perseguida. Me resultaba extraño ir de la mano con mi guía, pero me asustaba la riada de gente o que algún desalmado me confundiera con una prostituta. Avanzábamos dando codazos e ignorando a los niños que mendigaban en los zaguanes. Eran los hijos de las putas, que nacían y se criaban en ese gueto de miseria y marginación. Sus portales pestilentes eran el recreo de sus juegos infantiles.

Aunque Prem conocía bien los vericuetos de Falkland Road, no dábamos con Arieh ni con su equipo. Abríamos portones donde nos topábamos con la oscuridad y los murmullos, hasta que reconocimos a una *Madame* con quien al inicio del rodaje habíamos negociado la posibilidad de filmar en su burdel. Al verme, la vieja, cuya extrema gordura le impedía moverse con facilidad, intentó flanquear la entrada adornada con una cortinilla de cuentas de colores. Algo debió intuir mi guía porque él también quiso detenerme, pero me zafé bruscamente de su mano sudorosa y empujé hacia un lado a la mole humana que se cruzó en mi camino. Abrí con violencia un par de roñosos habitáculos donde unas prostitutas, en plena faena con sus clientes, me miraron con indiferencia. Al final de un angosto pasillo apareció la sombra de un hombre descamisado que intentó darme la espalda cuando ya era demasiado tarde. Era Arieh. A su lado, abrazada a la cintura de mi esposo, pude distinguir la silueta menuda de una chiquilla que no alcanzaba la mayoría de edad.

Esta vez fui yo quien tomó del brazo a Prem sin darle tiempo a reaccionar. Por alguna razón, los encuentros sexuales con las prostitutas, que no ignoraba, súbitamente se me hicieron insoportables. Retrocedí en el laberinto como un minotauro herido que no se resigna a morir. Es probable que Arieh corriera detrás de nosotros, pues creí escuchar mi nombre como el eco atrapado en el interior de un caracol. Pero nunca miré atrás porque avancé con la fuerza ciega de quien ya no tiene más invenciones donde esconderse. Prem me apretaba contra sí y nuestros corazones palpitantes fueron uno solo en aquella atropellada carrera.

El avión de Lufthansa con destino a Madrid haciendo escala en Francfort salía a medianoche y el recepcionista del hotel consiguió reservarme el último asiento libre que quedaba. Mi guía me llevó en silencio al aeropuerto internacional de Bombay y me acompañó hasta el control de aduana. "Déjale esta carta a Arieh en el hotel. Es el último favor que te pido", le dije sin poder vencer la emoción. Prem me estrechó con fuerza. Si no fuera porque él había nacido bajo el signo dócil de la predestinación y en ese instante mis sentimientos eran un amasijo borroso, cualquiera habría jurado que estaba frente a una pareja de enamorados que se decía adiós. Nuestros labios se acariciaron levemente en la premura de la despedida. Poco después la aeronave se alzó en la pista y me sequé las últimas lágrimas con el pañuelo bordado de un perfecto desconocido cuyas iniciales eran S. L.

SEIS

A mi llegada a Madrid me encerré y pasé los primeros días durmiendo con las persianas echadas. Aunque no hacía el calor aplastante y húmedo de Bombay, la calima de julio cubría la ciudad con una gigantesca nube arenosa. Sólo deseaba dormitar, presa de una extenuación que era más física que mental. Para entonces mis pensamientos habían sufrido un cortocircuito y los últimos acontecimientos en la India se confundían con otros recuerdos mucho más viejos. Retrocedían en mi memoria, como si quisiera empujarlos al fondo, bajo otras evocaciones más placenteras. Mi único convencimiento era que no quería salir de la cama. Ovillada y enlazando un sueño con otro.

En la duermevela escuchaba el teléfono intermitentemente y cuando me levantaba para ir al baño o para alimentarme con latas caducadas borraba los mensajes del contestador sin molestarme en escucharlos. Sabía que era Arieh porque el timbre sonaba prolongadamente a cualquier hora de la madrugada. Debía pensar (erróneamente) que estaba forzado a darme explicaciones. Obligado a disculparse por haberme (en su descaminado juicio) deshecho el corazón. Querría arrancarme un gesto de perdón por lo que él (equivocadamente) creía que yo sospechaba como su única infidelidad, con aquella adolescente que lo abrazaba con la perversa ternura de una hija incestuosa. Tal vez algo sorprendido por la breve nota que Prem (siempre tan solícito) le hizo llegar: *El monzón ya no me tiene atrapada.*

Hasta siempre, Andrea. Bajo la (falsa) impresión de que me carcomía el resentimiento por su traición. Víctima (sin saberlo) de mi timo amoroso. Pero yo sólo deseaba dormir, agotada por el esfuerzo enorme de haberme liberado (finalmente) de una sumisión que hasta entonces me había servido de coartada para no sentarme a escribir. Contra la luminosa ventana de mi salón. Junto a mis lapiceros y mis fotos. Sin el molesto acompañamiento de una música que me dejaba indiferente y me distraía. Amaba teclear en el más absoluto de los silencios. Por eso era preciso abandonar a Arieh y sus rizos meciéndose con los últimos ritmos de moda. Como la primera vez que lo vi en la barra del bar y me dejé seducir (sorprendentemente) por un pelirrojo.

Poco a poco empecé a guardar en bolsas sus pertenencias. De la inactividad y el sueño pasé a una labor frenética por recoger sus objetos personales y borrar su impronta de mi vida. Fui apartando en un rincón sus videos porno y sus montones de libros de fotografía. Mientras lo hacía rebobiné mentalmente el último día de mi estancia en Bombay. Cuando amanecí sola en la habitación del hotel y ya entonces supe (horas antes de sorprenderlo en el oscuro pasillo de un burdel) que nunca conocería la casa de Cochin. Que ya era hora de marcharme y que (tal y como me había advertido Sandra) había llegado el momento de regresar a casa.

Aquel día fue para mí el único verdaderamente feliz de mi breve luna de miel. Lo viví en calidad de una auténtica turista y no de una (falsa) ayudante de producción. Escritora frustrada. Ex "lectora" del sello editorial Amazonas. Seguidora de un escritor de culto. Discípula de una invisible ex compañera de colegio. Recién casada y negada a tener descendencia. No quería que mi único recuerdo de Bombay fueran los entresijos de Falkland Road y mis incursiones al cibercafé, sino el amable y previsible recorrido de una extranjera. En nuestros viajes Arieh odiaba que nos confundieran con excursionistas de *tours,* en su presuntuoso empeño por mezclarse con los nativos y hacerse pasar por uno más. Aquel día mis visitas a los museos, los templos y los parques fueron mi particular homenaje a los viajes organizados de recién casados que con entusiasmo arman álbumes con fotos frente al Taj Mahal y el palacete del sultán de Udaipur. Además de la cámara, llevé mi guía Frommer's, en la que tenía señalados con bolígrafo los lugares que quería visitar y a los que nunca me acompañaba Arieh por considerarlos trampas para viajeros. De cada país que habíamos visitado guardaba una de estas ediciones, cuyos márgenes estaban llenos de mis apuntes y garabatos. Diarios espontáneos que al término de cada viaje me gustaba releer.

Aquella mañana supe que la respiración de Arieh junto a mi nuca no volvería a repetirse. Lo presentí horas antes de que abriera mi correo en el cibercafé de Colaba, cuando aún seguía sin (atreverme) a leer la respuesta de Francesca a mi carta de renuncia. Mucho antes de que se hiciera de noche en Falkland Road, mientras corría de la mano con mi guía hacia el destino que desde aquella mañana aguardaba por mí. Cuando amanecí sola en la habitación del hotel.

Había acordado con Prem encontrarnos a primera hora de la tarde. Pero antes (era la única manera de que se cumpliera mi destino) tenía asuntos que resolver.

Querida Andrea:

Esperaba tu carta en cualquier momento. Es más, me ha sorprendido la tardanza. Una vez más tu chico te ha convencido y no me extraña, porque a Arieh le sobran dotes de seductor para hacer de una mujer lo que le venga en gana. Sobre todo si ella se deja. Ya sabes que soy enemiga de las distracciones del amor, incluso con alguien como tu esposo a quien, contrario a lo que siempre has creído, me consta que le encantan los negligés *caros. Eso te pasa por creer en la injustificada mala fama de las novelas de mujeres para mujeres.*

Como dice el bolero, que te vaya bonito.

Francesca

De nuevo tuve que reconocer la superioridad de mi ex jefa. Siempre había sospechado que había algo más detrás del sinuoso flirteo de Francesca y, en el otro extremo, la insistencia de Arieh por degradarla ante mis ojos. Era inútil intentar reconstruir los hechos en busca del momento preciso en que se había fraguado el engaño. Seguramente se vieron en numerosas ocasiones mientras yo dedicaba horas extras en la editorial a preparar informes que ella misma me pedía con cierta urgencia: "Léela con cuidado porque es la novela que pienso mandar al premio que se falla dentro de poco", me decía Francesca refiriéndose a algún manuscrito cuyo galardón ya había sido acordado de antemano. Pero aún así yo elaboraba detallados *dossiers* en los que incluía sugerencias y posibles cambios para mejorar el texto. Modificaciones, por cierto, cuya autoría siempre se apuntaba ella y luego recomendaba a las escritoras. Mi jefa no ignoraba mi desprecio por aquellas obras calcadas unas de otras, pero estaba convencida de que no tenía la perspicacia necesaria para comprender que, precisamente, era eso lo que quería leer nuestro público. A su vez, Francesca también era consciente de que cuando tenía en mis manos aquellos manuscritos se los devolvía retocados en la trama y el estilo porque albergaba la secreta intención de reescribirlos y transformarlos en otra cosa.

A pesar de sus reservas, yo era la mejor "lectora" que iba a encontrar porque en mis informes vertía todo el fuego que no era capaz de trasladar a mi ordenador. Mientras continuaba amontonando la ropa de Arieh, proseguí el proceso de marcha atrás y pude verlos retozando sobre una cama mientras él le contaba de mi frustración literaria y de mi incapacidad para crear. Mi ex jefa nunca me había preguntado sobre mis ambiciones no porque no las supusiera, sino porque ya había sido notificada de mi impedimento para la escritura.

Francesca estaba segura de que mi esposo tenía debilidad por la ropa interior de seda y con encajes. Lo que en gran medida significaba que, al igual que yo, apenas lo conocía. En los días que duró mi reclusión volví a ver los videos infames de sus incursiones a las más desvencijadas casas de putas. En aquellas destartaladas estancias no había sitio para puntillas, ligueros y coquetos saltos de cama. A Francesca, contaminada por las novelas de mujeres para mujeres, le gustaba vestirse como el estereotipo de una *femme fatale*. Cegada por la vanidad, mi ex jefa creyó haberlo seducido con sexo de bidé cuando había sido al revés. Arieh era un verdadero profesional de la falsa ingenuidad que sólo se quitaba la máscara en los harenes de mala muerte, donde las niñas le bailaban la danza del vientre a pelo y drogadas. Él era el protagonista absoluto de una historia no apta para las lectoras de novelitas románticas con final feliz. La respuesta de Francesca a mi carta no hizo más que impulsar lo que ya estaba trazado cuando me desperté sola en la habitación del hotel y me dispuse a pasear por Bombay con mi vieja cámara Canon y mi guía Frommer's. Como una turista del montón.

Los días pasaron, las provisiones desaparecieron de la alacena de la cocina y el teléfono dejó de sonar a cualquier hora de la noche. En las paredes quedaron las marcas de las chinchetas que sujetaban los afiches de Arieh y los armarios volvieron a ser míos. Después de cuatro años de convivencia y un Libro de Familia que nunca llevaría los nombre de los hijos habidos, ahora sólo quedaban los huecos de su ausencia. Había comenzado a olvidarlo y, como si de la Creación se tratara, al séptimo día, que resultó ser domingo, me animé a salir a la calle.

Era la hora del aperitivo y la gente conversaba animada en las terrazas de El Retiro. El día había amanecido nublado, pero agradecí el fresco mientras veía pasear a las familias. No estábamos a orillas del mar y los chopos habían suplantado a las palmeras tropicales, pero todavía conservaba las imágenes de las Puertas de la India, donde los habitantes descansaban de la anarquía de la ciudad contemplando la amplitud del horizonte. Ahora Madrid me parecía un espacio desparramado y extrañaba el calor de tantos cuerpos apretados unos contra otros en las saturadas calles de Colaba. No pensaba en Arieh, sino en lo que debía estar haciendo Prem a esa hora, junto a su esposa y su pequeña hija. Ocupado en preparar la habitación del nuevo bebé. O rezando en el templo de su barrio. Aliviado, tal vez, de que mis incertidumbres se hubieran evaporado de su existencia como un peligroso virus que podría haberlo infectado hasta desviarlo del camino que sus dioses y su casta le habían diseñado antes de nacer. Cuánto me habría gustado ser como él —pensé aquella mañana mientras paseaba por El Retiro—, sin tener alternativas ni variantes que elegir. Me pesaba como un aparatoso bulto la idea de tener que tomar decisiones y retomar el rumbo de los acontecimientos tras haber desertado apresuradamente de mi matrimonio, de mi empleo y del paisaje de Bombay.

Después del paseo tomé la segunda decisión más importante tras mi regreso a Madrid: saqué mi ordenador del maletín y lo coloqué sobre mi escritorio. Enchufé los cables y durante casi una hora hablé por teléfono con un amable informático que me ayudó a reconectarme con internet. Antes de encenderla, le quité a la computadora el polvo que había acumulado sobre la silla del hotel en Colaba. Salvo los correos diarios que cada día mandaba desde el cibercafé, no había escrito una sola línea. "Habrás pensado que había muerto, pero mi silencio ha durado lo que he tardado en adaptarme de nuevo a Madrid. Te escribo sentada en mi mesa de trabajo, junto a mis lápices y mis fotos. ¿Estás ahí?" Tuve la sensación de que era la primera vez que le escribía a Sandra desde que nos dejamos de ver siendo adolescentes. Cuando ella se fue con la promesa de hacer un viaje juntas que nunca emprendimos. Quizá la que había muerto había sido ella y ya no tenía sentido confesarle que todos mis subterfugios habían formado parte de una gran fábula para evitar este momento. Desprovista de más justificaciones para aplazar mi cita con la novela que ella, desde los tiempos del colegio, estaba segura de que yo escribiría. Heredera, sin saber muy bien por qué, de la saga de los poetas ambulantes y descarriados, a quienes casi había olvidado durante los últimos días en Bombay, a pesar de que al final de aquella tercera entrega Tomás Pineda los había dejado encallados en Tokio como ballenas moribundas. A punto de inmolarse colectivamente porque no sabían cómo escapar de una ciudad que los tenía sitiados con su indiferencia adocenada. Los manganakas los habían dejado por imposibles y los siete hombres errantes habían regresado al punto en el que los conocimos, casi moribundos a las afueras de un *camping* en el norte de España. Era evidente que Pineda tenía intención de sacrificarlos en su cuarto y, muy probablemente, último libro. Yo también los había abandonado a su suerte porque, como ellos, había estado a punto de perderme en las escabrosidades de Falkland Road. Ahora estaba segura de haber sobrevivido a mis errores, pero temía que ellos acabaran aniquilados, víctimas de la negligencia de su autor y de mi descuido. Sin embargo, en medio del naufragio general persistía la mente obcecada de Sandra, salvavidas de todos nosotros, alzada como un faro en su isla.

SIETE

"Te confieso que no te creía capaz de dar un paso como éste. Había perdido las esperanzas de que te atrevieras a romper con todo y dieras el salto", me contesta Sandra tras enterarse de mi retorno. No se detiene a preguntarme por los pormenores de mi ruptura con Arieh. Nunca le ha interesado el aspecto sentimental, sino el compromiso de que cumpla con un destino que ella ha trazado para mí desde que éramos jóvenes, como si desde entonces hubiera sabido que sería yo la encargada de narrar nuestra historia y ella la gestora de nuestras vidas. El motor que propiciaría los eventos. No hacía falta la intervención divina de los dioses que dictaban los actos de Prem. Bastaba con la voluntad de alguien como Sandra para que el mundo se hiciera y deshiciera a su medida. En ningún momento había perdido de vista que nunca me había aclarado las razones que la llevaron hasta Mallorca y su aislamiento, aparentemente voluntario, alejada de las aventuras y los placeres que habían presidido su juventud antes de blindarse en la austeridad. Pero no tenía otra alternativa que renunciar a indagar más, temerosa de que, de nuevo, se desvaneciera en el tiempo.

"Al final seguí tus consejos y aquí me tienes. Frente a la ventana que muchas veces te he descrito. Después de tantos viajes la casa comienza a recuperar mi olor. Vuelvo a sentirla mía", le digo para tranquilizarla. "Sé que te parecerá una bobada, pero hasta que no recobres tu esencia, tan maleada por agentes foráneos, no podrás llegar hasta el fondo y a partir de ahí comenzar a escribir como quien se desagua por dentro." Es Sandra desdoblada en su papel de agente literario, a punto de enviarme a una montaña para que, aislada de las tentaciones terrenales, rescate mi voz interior. "Créeme que me siento con fuerzas. Es sólo cuestión de disciplina y ahora dispongo de soledad y de tiempo. Requisitos indispensables para arrancar", le respondo con fórmulas propias de una alumna aplicada en un taller literario. "Bien, ¿pero ya tienes tema? ¿Le has dado vueltas a la novela que quieres desarrollar?" De pronto comprendo que no puedo contestar sus preguntas porque mis ojos aún están inundados del recargado verdor de Bombay y mi olfato arrastra el penetrante olor de las especias y el incienso. Sensaciones extranjeras que no eran las mías, sino los cabos sueltos de una vida anterior. Sandra estaba en lo cierto. Había vaciado mi memoria de mis calles, mis cines y mis bares para rellenarla con *souvenirs* exóticos, y sepultarla como los cimientos de los templos precolombinos que permanecieron ocultos bajo las catedrales cristianas. Así había enterrado las vivencias de mi juventud y los amores primeros debajo del influjo expansionista de Arieh, en su afán por tatuar su huella en mi piel. Ahora me asombraba haber sido capaz de resistir hasta el final sus presiones contra mi negativa a ser madre. Si hubiese sucumbido a sus deseos no habría sido capaz de retornar a la paz de mi escritorio. Sin más acompañamiento que el rumor callejero que se filtraba por los cristales de la ventana.

"Es demasiado pronto para hablar de tramas y personajes. Déjame que me vuelva a reconocer. Tengo la intención y el deseo. Eso es lo primordial", me defiendo como puedo de mi falta de recursos literarios. "Y hablando de personajes, ¿es que no tienes nada que decirme de nuestros poetas? ¿Ya te has olvidado de ellos cuando más te necesitan?" Sandra vuelve a la zona de confort que nos une para salvar los despeñaderos que nos podrían separar de nuevo. "Más bien eres tú quien me debe la cuarta entrega de los poetas ambulantes. Me habías adelantado que pronto estaría en la imprenta para ser mimeografiada y que me la mandarías de un momento a otro", le recuerdo. "Es verdad que te lo prometí, pero no estoy segura de que vaya a haber un nuevo libro. El tiempo pasa y Tomás no da señales de vida." Si sus mensajes virtuales tuvieran eco, su voz habría sonado a desolación. Por primera vez no lanzaba conjeturas, sino la posibilidad real del fin de los siete hombres apátridas. "¿Quieres decirme que Pineda sería capaz de abandonarlos como perros bajo los puentes de Tokio? Y luego te atreves a asegurar que en el trasfondo hay una historia de amor. Para mí ésta es la prueba de que el autor no ha conocido ese sentimiento en su vida. De lo contrario, jamás los dejaría morir víctimas del olvido y la indiferencia. ¿Qué dirán sus seguidores? ¿Vas a seguir defendiéndolo si hace una cosa así?", le rebato contrariada. "No seas tan implacable con él. No atraviesa un buen momento. Pero es verdad que las vidas de los poetas peligran y hay que hacer algo para salvarlos", asevera como si estuviera en su poder el destino literario de las marionetas confeccionadas por Pineda. Hasta ese momento nunca lo había supuesto, pero por primera vez me pregunté si Sandra estaría trastornada y acabaría por enloquecerme con su obsesión. "¿Cómo vas a protegerlos de los desmanes de su creador si no eres tú la que escribe la saga?", le respondo impaciente. "Pensaba en ti, mi querida Andrea, cuando hablaba de salvarlos. Sólo tú podrías hacerlo." Cuando quise responderle que había perdido la razón definitivamente, ya era demasiado tarde. Mi amiga se había desconectado de la red.

La tercera entrega de la saga de los poetas ambulantes había llegado unas semanas antes de mi boda: un sobre que contenía una de las cartas perfumadas de Sandra. No era la primera vez que Arieh veía uno de esos envoltorios sobre mi escritorio. "Vaya, de nuevo la loca de tu amiga te manda uno de los libros del chiflado ese", se limitó a comentar socarronamente. Aunque le había hablado con entusiasmo de las novelas de Tomás Pineda, desde el principio las aventuras de los siete poetas le habían parecido una extravagancia para aficionados. "Todo lo que me cuentas sobre él huele a secta literaria", solía decirme. Mi futuro esposo no conocía a Sandra y todo aquello le parecía un absurdo juego inducido por una mujer que no debía estar bien de la cabeza. "¿No será que tu amiguita es una perversa que desde el colegio estaba enamorada de ti?" Odiaba sus comentarios con connotaciones sexuales. Arieh nunca habría podido imaginar el magnetismo que Sandra desprendía en su juventud a pesar de no poseer una belleza tangible. Y aunque desde que volvimos a comunicarnos nunca hizo mención alguna de su vida sentimental, a lo largo de los años nuestras antiguas compañeras esparcieron el rumor de que había tenido numerosos amores durante el tiempo que vivió en Latinoamérica. La fama de agitadora y líder que tenía en las aulas adquirió proporciones míticas cuando desapareció de nuestras vidas. Ella era la única que había escapado al anodino futuro de cuatro años de facultad y un precario empleo. Por eso las muchachas la transformaron en un personaje de ficción, cuya azarosa vida contenía los ingredientes de las novelas que repartía clandestinamente en el patio del colegio. Procuraba esquivar el tema con Arieh y él se limitaba a ignorar nuestra relación epistolar, como si intuyera que se enfrentaba a una poderosa rival. El recelo era mutuo, ya que despertaba el mismo rechazo en aquella desconocida que siempre se refirió a él como "ese muchacho".

Ya no tendría que enfrentarme más a los comentarios irritantes de Arieh ni a su soterrado desprecio por todo aquello que me alejaba de él y de su órbita de influencia. Se habían acabado las reuniones a cualquier hora de la noche con sus amigos del cine. El tráfico constante de gente en la casa mientras intentaba concentrarme en mis lecturas o armar diagramas sobre novelas que sólo eran esqueletos de apuntes. Las maletas que hacíamos y deshacíamos, a punto de tomar un avión o de regreso y con un *jetlag* que durante días se manifestaba con síntomas de sonambulismo y desorientación. Desde que nos conocimos, en apariencia Arieh se había mostrado interesado por mi vocación de escritora. Incluso, al poco tiempo de comenzar a salir me sorprendió con un viaje a California y juntos hicimos el recorrido en coche por la carretera que une a Los Ángeles con San Francisco bordeando el Pacífico. "Será un mini *road trip* en homenaje a la Generación Beat", me anunció, a modo de regalo por todo lo que yo le había relatado sobre mis primeras lecturas. En aquel entonces sólo le mencioné de pasada la existencia de Sandra porque aún no había reaparecido en mi vida y su recuerdo había perdido la intensidad de los primeros años, cuando todavía era muy reciente su estampa en las improvisadas tertulias literarias que armaba en los recreos y pasillos del colegio.

Arieh y yo recorrimos las inclinadas calles de la ciudad con el entusiasmo de dos amantes aplicados en la tarea de fijar la pasión mutua. Por las noches, exhaustos por los paseos y las empinadas cuestas, me leía en voz alta fragmentos de *En la carretera* que, como había pronosticado Sandra años atrás, ya no producían en mí el mismo impacto. La prosa de Kerouac ahora me resultaba un tanto pueril y lo que describía me parecía tan lejano y mitológico como el *Far West*. Pero me gustaba escuchar la voz átona de Arieh, ya tarde en la madrugada y tendidos en la cama de un pequeño hotel situado en el corazón del barrio alternativo de Haight, donde se había fraguado El Verano del Amor. Antes de marcharnos me tomó una fotografía frente a la librería de Ferlinghetti, que luego coloqué junto a la amarillenta postal que Sandra me había enviado años antes desde el mismo sitio. Era mi altar secreto a una vieja amistad y la promesa incumplida de un peregrinaje que en mi memoria se transformó en una deuda por saldar.

Como todo en la vida se mueve en espiral, después de aquel prometedor viaje mi ex compañera de colegio no tardó en reaparecer. Aunque me sentía frustrada en la editorial y había destruido con rabia una serie de relatos que había escrito, todavía vivía la quimera de que la convivencia con Arieh me proporcionaría la quietud interior de la que carecía. Todavía inconsciente, en aquel entonces, de los peligros de una existencia improvisada y nómada para quien ya lleva por dentro la herida del desarraigo. La tentación por huir. Una inconfesable tendencia al autismo emocional.

Poco después del retorno de Sandra, paulatinamente comencé a sentir el peso de la presencia de Arieh en todos los rincones de mi vida. Para cuando quise darme cuenta de la feroz dependencia que había desarrollado, él ya se había hecho indispensable en los detalles diarios y su agenda se había apoderado de mi rutina. No sólo tenía que defenderme de las largas horas que permanecía en la editorial, sino también de sus múltiples compromisos, a los cuales no quería acudir sin mí: inauguraciones de galerías, estrenos de películas, proyecciones privadas, fiestas de trabajo y cada vez más viajes que en un principio me "vendió" como vehículos imprescindibles para inspirarme y nutrirme a la hora de escribir. Sin embargo, Arieh parecía ignorar que para hacerlo era necesaria una existencia más sedentaria. Los aviones, los cambios horarios, las vacunas contra enfermedades tropicales y los confusos amaneceres en las habitaciones impersonales de los hoteles sólo contribuían más a un enajenamiento al que yo me dejaba arrastrar. Todos aquellos desajustes conformaban el pretexto perfecto frente al delito de la pantalla en blanco.

Pero la inesperada irrupción de Sandra sirvió de revulsivo contra la escayola creativa que me paralizaba por dentro. En retrospectiva, ya con Arieh y Francesca desterrados y almacenados en el gulag de la memoria, su terapia no fue de choque, sino gradual y calculada al milímetro, tal vez porque era consciente de que el peligro de que huyera era mayor que el de inocularme de nuevo el arrebato por la literatura que había detectado en mí cuando éramos chicas. Aquel brillo que se me escapaba de los ojos cuando me hacía partícipe de sus lecturas y yo le contaba que de mayor iba a ser escritora, como si se tratara de algo tan sencillo como graduarse de abogado o médico. Sin comprender entonces que un diploma, unos cursos o talleres no harían de mí una autora. Debía sudarlo, sufrirlo, vivirlo y fantasearlo antes de parir algo con sustancia. Pero en el camino no sólo había perdido la presencia y los consejos de Sandra. Me había convertido en una espectadora de sentimientos y sensaciones. Sentada en un palco frente al cual Arieh se encargaba de pasarme diapositivas de vivencias ajenas. A bordo de un safari en el que veía desfilar animales raros y tribus exóticas. ¿Dónde estaban los perros con collar del barrio y los gatos callejeros que maullaban bajo mi ventana? Los vecinos con los que me tropezaba en el rellano de la escalera. Las llamadas y encuentros esporádicos con un viejo amor. Incluso las infrecuentes visitas a la casa de mis padres en Alicante, donde pasaba las tardes ordenando fotografías en las que de niña aparecía abrazada a mi madre, mucho antes de que me alejara de ellos sin dar explicaciones. Cuando reapareció Sandra mi presente estaba coloreado de paisajes distantes que me habían transformado, sin quererlo, en una turista accidental y accidentada, para comodidad de Arieh y refugio cobarde de mi indecisión vital.

Pero mi amiga no se presentó sola, sino convenientemente acompañada del aura misteriosa de Tomás Pineda y sus poetas ambulantes. Ése fue su gancho para que mordiera el anzuelo y quedara atrapada en el artificio de unos manuscritos cuya procedencia y autoría eran tan oscuras como una cábala. Y así, poco a poco y con la paciencia de quien ya estaba de vuelta de todo en su atalaya, Sandra contribuyó a que me liberara de una cárcel —la de mi matrimonio y mi trabajo— con la condición tácita de que me hiciera cargo de los siete poetas como quien adopta a siete huérfanos. Confieso que no vislumbré sus designios hasta que me lo dejó bien claro: "Pensaba en ti, mi querida Andrea, cuando hablaba de salvarlos. Sólo tú podrías hacerlo". Conociéndola, no volvería a saber de ella hasta que respondiera a su emplazamiento. Podían transcurrir semanas y meses a la espera de tener noticias suyas pero, con la astucia que la caracterizaba, había depositado el peso de la responsabilidad en mi terreno y yo debía devolverle la jugada. De lo contrario, me arriesgaba a perderla una vez más.

Era evidente que Sandra sabía mucho más de lo que me había dicho en nuestra última comunicación virtual. Aunque vivía fortificada en Mallorca y Tomás Pineda permanecía escondido en un pueblo del sur, debían mantener algún tipo de relación y ella estaba al tanto de las dificultades que tenía el recluso escritor para continuar la saga de los poetas ambulantes. Ya desde mi estancia en Bombay, nuestras conversaciones en la red apuntaban a la precariedad que atravesaban estos personajes y la imperiosa necesidad de sacarlos cuanto antes de Tokio. Mi amiga sabía desde entonces (ahora estaba segura de ello) que Pineda tenía pensado quitarles la vida a sus criaturas de ficción, en una especie de cruel eutanasia literaria. Era preciso detenerlo y, por motivos que yo no lograba comprender, Sandra me había nombrado benefactora oficial del grupo errante y justiciero. No tenía vocación de madre para niños de carne y hueso que retozan en la cuna, pero eso no me invalidaba para proteger y acoger a siete hombres sentenciados. A punto de morir en la mente de alguien que ya no deseaba imaginárselos y trasladarlos a cuartillas delicadamente mimeografiadas, como si Pirandello se hubiera vuelto un asesino.

Sandra había elegido no presionarme cuando a mi regreso de la India le confesé que aún carecía de ideas para una novela, tal vez consciente de que mi cabeza todavía era una estepa habitada por fantasmas forasteros. Entonces, ¿por qué se arriesgaba a confiarme el futuro de la saga de Pineda? Las historias de los poetas ambulantes contaban con cientos de seguidores. Fanáticos de sus aventuras, desde que aparecieran malheridos en el norte de España hasta sus triunfos en Europa del Este en los inicios del colapso soviético, sin olvidar los contados *flashbacks* al mundo que habían dejado atrás, cuando, proscritos y jóvenes, recorrían Sudamérica huyendo de las dictaduras. En aquellos retrocesos en el tiempo los poetas se comportaban como líderes románticos que agrupaban la rebelión contra los regímenes militares. Eran fuertes, caminaban días y noches enteros evadiendo a sus perseguidores, organizaban mítines clandestinos en las ciudades que visitaban, incitaban a la población a desobedecer en las plazas públicas. Pero aquellos breves destellos de una época gloriosa aparecían en los libros como fugas de la memoria que se le escapaban al autor.

La primera imagen que los lectores tuvimos de los poetas fue la de su desamparo y el temor de que podían agonizar de un momento a otro, física y espiritualmente carcomidos. Sabíamos por uno de aquellos episódicos saltos al pasado que en una emboscada habían desaparecido durante meses y los disidentes los habían dado por muertos al no tener noticias de ellos. Tiempo después habían surgido de nuevo en un *camping* en el norte de España, como si hubiesen viajado telequinéticamente, semejantes a siete estrellas milenarias extraviadas en el mapa celestial. Siete meteoritos erosionados y hechos añicos en tierras extrañas, vecinos improbables de veraneantes y excursionistas a orillas del Mediterráneo. Para entonces eran parcos de palabra, estaban en los huesos y apenas podían avanzar unos pasos sin desfallecer. A partir de ese momento ya no hubo más *flashbacks* ni retrocesos en el tiempo. Tomás Pineda nunca aclaró en sus textos qué había sucedido después de la trampa que les tendieron los militares, y los aliados que los poetas tenían, creyendo que sus cabecillas habían desaparecido para siempre, claudicaron y abandonaron la resistencia. Así fue como en el primer libro de la saga los siete hombres ambulantes aparecieron en un terreno baldío junto a un *camping* en el norte de España. Huérfanos y olvidados de todos. Ahora, en la tercera entrega, aparentemente repuestos de heridas pasadas, sus vidas volvían a correr peligro bajo los puentes de Tokio y Pineda no parecía estar dispuesto a concederles otra oportunidad. Estaba claro que me tocaba devolverle la jugada a Sandra.

OCHO

No quise comunicarme con Sandra de inmediato por temor a lo que fuera a proponerme. Estaba recién llegada a Madrid y, aunque ya me atrevía a salir del perímetro de mi barrio, lo hacía con la cautela de una convaleciente. No deseaba encontrarme con conocidos que me preguntaran por Arieh y ni siquiera había llamado a mis padres. No tenía sentido notificarles mi separación porque no les había hecho partícipes de mi boda. Era mejor que creyeran que seguía en la India.

En una ocasión, la joven pareja que regentaba el local donde habíamos celebrado la fiesta de bodas me abordó en la calle con la intención de que les contara pormenores de la luna de miel pero, a pesar de que eran encantadores, me mostré distante y antipática a propósito. A partir de ese momento procuraron evitarme cuando nos cruzábamos. Los dos, además de ser atractivos y simpáticos, mostraban su felicidad a todas horas con la insolencia de los inocentes. Tal vez me habría servido de consuelo sentarme una tarde en la barra de El Hombre Moderno, buscando razones que explicaran mi fracaso sentimental y mi frustración como escritora. Pero mis confusos argumentos sólo habrían acabado por enturbiar su dicha como un agente extraño y dañino que busca anidar en vidas ajenas. Para qué explicarles que ni los tulipanes, ni los bombillos de colores, ni la tarta en forma de corazón que presentaron al final de la noche valieron como amuletos contra el desastre que se nos venía encima. El mismo día en que un puñado de amigos bromistas nos deseó lo mejor con una lluvia de arroz integral, y en la bóveda cavernosa del bar Arieh y yo sustituimos el vals tradicional por nuestra canción favorita de los Pretenders. El mismo tema que bailamos juntos y apretados la noche en que nos conocimos, bebidos y apoyados en la barra de otro bar.

No quería que nadie me reconociera y estaba convencida de que podía lograrlo porque mi aspecto había cambiado. No era capaz de precisar exactamente en qué, pero cuando me miraba al espejo veía a una mujer muy distinta de la que se había embarcado rumbo a Bombay. Había perdido mucho peso debido a los cólicos que había sufrido en la India y mi rostro se había hecho más anguloso. Pero había algo más profundo y escurridizo de mi apariencia exterior que parecía haber camuflado mis facciones. Nunca había sido de sonrisa fácil, pero ahora mis labios eran sólo dos líneas delgadas y horizontales sin curvatura alguna. No tenía motivos para reír. Disimuladamente escuchaba las conversaciones de la gente en los autobuses, en las cafeterías y en los bancos de los parques con la ilusión de contagiarme con sus risas y comentarios insustanciales, pero acababa por distraerme con mis propios pensamientos, desinteresada, en el fondo, de las vidas de aquellos desconocidos. Pasaba tardes enteras sentada en el Circular, con la cabeza apoyada contra la ventana del autobús que recorría gran parte de la ciudad. Todavía hacía calor en Madrid y me resultaba agradable sentir el sol sobre mi nuca hasta adormecerme con las charlas de los jubilados que, como yo, parecían no tener nada mejor que hacer. Con la única diferencia de que ellos parloteaban y yo permanecía muda y seria como una intrusa en una fiesta que no era la mía.

A pesar de que el cansancio me vencía cuando ya era muy tarde en la noche, evitaba acostarme por temor a no dormirme. Atrás habían quedado los primeros días después de mi regreso, cuando, sumida en un sopor comatoso, apenas escuchaba el teléfono sonar incesantemente en la madrugada. Ahora el tiempo transcurría con la lentitud de una caminata sobre la arena y ya no había más llamadas intempestivas como luces de Bengala en alta mar. No echaba de menos a Arieh ni quedaban trazos del amor que una vez le había profesado, pero no podía evitar preguntarme qué había sido de su vida desde la noche en que lo sorprendí con su niña amante. ¿Habría instalado a aquella adolescente en la casa de Kerala, suplantándome como una impostora? ¿La habría redimido de su destino de puta para convertirla en su nueva concubina? Era una bella hipótesis: Arieh transformado en la madre Teresa de Calcuta y haciendo obras de caridad en los camastros hediondos de la zona roja. Propagando la palabra de Dios con su esperma. Tal vez sembrando de hijos naturales un país superpoblado, en venganza por mi negativa a complacer su afán narcisista de multiplicarse en pelirrojas copias de carbón, su inconfundible genética. Lo cierto era que el teléfono permanecía tan silente como yo. Era evidente que Arieh también me había dejado atrás. Solía hacerlo con los que consideraba perdedores en la vida.

A mí también me había resultado sorprendentemente fácil anular su presencia de la casa que compartimos durante cuatro años. Deshacerme de sus pertenencias fue como eliminar las huellas de un crimen que se había esparcido en cada una de las estancias. En el proceso de supresión de evidencias me di cuenta de cómo mi esposo —ahora el concepto de *esposo* me parecía ajeno y chocante— se había filtrado en todas las esferas de mi existencia. No había un rincón que no hubiera invadido con su olor que, curiosamente, fue el vestigio más difícil de borrar. De hecho, el recuerdo de su aroma me tomó por asalto más de una vez, cuando creía haberlo diluido con los inciensos que con frecuencia encendía para recuperar vivencias de la India.

Por medio de la superposición de fragancias había ideado un peculiar método de curación que sustituía unas memorias con otras. El característico perfume de Arieh, que tanto me había impregnado durante nuestros primeros intercambios amorosos, se evaporaba con fuertes emanaciones de resina y mirra que me devolvían la imagen de Prem. Mi fiel guía. Mi *sherpa* en los laberintos de Falkland Road. Mi único interlocutor en los anocheceres de Bombay. "Perdón, ahora es Mumbai", me habría aclarado con su acento *british* tamizado por la sumisa cadencia india. El té de las cinco contaminado por las especias, y él sonriendo tímidamente cuando se me subían los colores con los picantes que me daba a probar en los mercados de la ciudad. Según Prem, educar mi paladar formaba parte de la inmersión en las costumbres de su país. Ahora que sentía el peso de su ausencia como un malestar intermitente y difuso, pude comprobar que su esencia también había viajado conmigo, metida en las maletas. Oculta entre mis ropas como un polizonte que había burlado todos los detectores y medidas de seguridad.

Desde mi llegada a Madrid muchas veces comencé a escribirle correos electrónicos que nunca llegué a enviar y luego borraba. Me paralizaban el sentido de la prudencia y el decoro. Prem era un hombre educado en el valor que las castas conferían a la jerarquía social, y la violación de las normas que desde niño había aprendido de sus dioses habría sacudido como un terremoto la predestinación de su existencia. Una carta mía de nuevo lo enfrentaría a la contradicción de un precipitado y emocionado beso que no estaba previsto en el guión de su vida. Escrito mucho antes de su nacimiento por deidades previsoras que no abandonaban nada a la traición del azar, salvo los resbaladizos sentimientos que afloraban en las conversaciones falsamente inocentes a la sombra de las imponentes Torres del Silencio, tentados de dejar a un lado los papeles (pre)asignados de guía y turista: meros roles para despistar los apetitos carroñeros de las aves rapaces, siempre a la búsqueda de víctimas incautas y propicias.

Arieh era el pasado y Prem representaba lo que no podía ni debía ser. Los dos se habían quedado a la zaga, atrapados en una ciudad anárquica y abrumada. Uno, en brazos de niñas púberes que en cualquier momento le darían el hijo tan deseado. Otro, a punto de ser padre de nuevo y preocupado por el sexo de su bebé, intranquilo ante la posibilidad de tener una segunda hembra. Una carga más en su saturado destino. Más servidumbres en una existencia hecha a la medida para servir. Qué distintas las vidas de ambos. Arieh y Prem: uno nacido bajo el horóscopo de la gratificación instantánea; el otro, amarrado a los designios divinos. Uno ensortijado y expansivo. El otro, cetrino y cohibido. Los dos se habían quedado atrás pero aún los podía oler. El olor es lo último que conserva la memoria antes del olvido.

NUEVE

"Bien, ¿qué quieres de mí?" Sorprendo a Sandra en la red sin previo aviso. Sabía de sobra que llevaba días anticipando mi respuesta y no hacía falta que le refrescara la memoria. Había quedado suspendida en el aire su invitación (que en realidad era una orden) a que yo relevara a Tomás Pineda. "Has tardado en responder, pero no esperaba otra cosa de ti", me contesta con prontitud. Es verdad que se había contenido y guardado silencio hasta que di el primer paso, pero sin duda mi vieja amiga estaba impaciente por recibir una señal de mi parte. Ya la tenía y, aunque me sentía perdida en cuanto a cómo ayudar al autor de la saga de los poetas ambulantes, estaba dispuesta a hacer lo que fuese necesario para disuadirlo de su intención de condenarlos a muerte.

"Como ya te había adelantado, Tomás pasa por un mal momento. El peor de su vida", continúa Sandra. "¿Te refieres a que sufre de bloqueo de escritor? ¿Es que vamos a tener que recurrir a las infalibles fórmulas de Francesca?", le digo en tono de broma, y me doy cuenta de que por primera vez en mucho tiempo menciono a mi ex jefa. "No, en este caso no hay retiros espirituales que valgan ni todas esas soberanas sandeces de manual", me replica con su habitual falta de humor. Porque Sandra, que en su juventud había sido magnética, siempre había carecido de gracia. Era demasiado seria y en boca de ella todas las causas tenían la urgencia de una catástrofe a punto de estallar. Si nos iniciaba en la obra de un escritor, lo hacía con el celo de un profeta.

A pesar de los años transcurridos, su vocación proselitista no había decaído y, como suele ocurrir con los catecúmenos, para ella la frivolidad estaba de más.

"Entonces deja de dar más rodeos y dime qué puedo hacer por mejorar una situación que desconozco por la poca información que me facilitas. Llevas mucho tiempo jugando al ratón y al gato conmigo, pero si ahora quieres algo de mí tendrás que abandonar tus acertijos." Ahora soy yo quien no quiere jugar más. "Tienes razón. Debería ofrecerte disculpas por la cantidad de veces que me has pedido mayor claridad y me he negado a ello, pero necesitaríamos vivir de nuevo para que pudiera contártelo todo despacio y con calma. Ya sólo nos queda actuar con la mayor brevedad. No hay tiempo que perder." Noto que Sandra no está acostumbrada a moverse con soltura en el terreno de la humildad, pero agradezco su esfuerzo. "¿Qué te parece si contacto a los otros seguidores de Pineda y los animo a formular un manifiesto a favor de la supervivencia de los poetas y su saga? Estoy segura de que podría juntar miles de firmas aquí y en el extranjero", le propongo, convencida de que se trata de una magnífica idea. "Creo que no me has comprendido. Los tiros no van por ahí, querida Andrea. Ya te lo he dicho y te lo vuelvo a repetir: sólo tú los puedes salvar, nadie más que tú. Tomás te lo explicará todo. Desde hace un tiempo espera por ti."

Siento que se me escapa la respiración. Por un instante creo que voy a desvanecerme y las fotos que reposan sobre mi escritorio se difuminan en una mancha fuera de foco. "¿Estás ahí?", teclea Sandra con rapidez. Intuye mi aprensión y se lanza a rescatarme en el espacio virtual. ¿Y si hiciera como ella cuando se fue del colegio y desapareciera de su vida sin dejar rastro? Podía borrar de internet mis datos y mudarme de ciudad para no recibir nunca más sus sobres aromáticos. A fin de cuentas, cualquier psicólogo me aconsejaría que empezara de nuevo en otro lugar para deshacer las huellas de mi pasado. Siempre había coqueteado con la idea de conocer a Tomás Pineda en persona. Incluso había imaginado distintas situaciones en las que el destino nos reunía, pero en el fondo, como en las fantasías eróticas, sólo me sentía a gusto en el espacio de las invenciones y no en el caso de un encuentro real. Cara a cara con el padre de los poetas, cuando éste estaba a punto de cometer un terrible filicidio con las criaturas que había lanzado al mundo.

"Nunca me he ido", retomo fuerzas para contestarle después de un silencio que me ha parecido tan largo como los años transcurridos desde la última vez que la vi. "No te asustes ni llegues a conclusiones prematuras. Comprendo que estés desconcertada y que, al menos por ahora, todo esto te parezca una novela de suspense. Pero cuando estés con él sabrás qué hacer." Sandra cree que me tranquiliza con sus palabras, pero tiemblo ante la certeza de que "él" es Pineda. Ese ser inescrutable al que nadie ha tenido acceso y de quien, contrariamente al tono sagrado que hasta este instante había empleado al referirse a su figura, ahora mi amiga me hace partícipe de una familiaridad cómplice. "¿Desde cuándo te interesa que yo lo conozca? Más bien siempre has insistido en la necesidad de preservar su intimidad y te has mofado de todos los que en vano han peregrinado hasta el pueblo donde vive oculto", le respondo con desconfianza. "Es posible que tanto Tomás como yo hubiéramos querido que así fuera indefinidamente, pero hay factores impredecibles que cambian el rumbo de las cosas. Sabes a lo que me refiero porque en innumerables ocasiones has sido víctima del carácter imponderable de los acontecimientos." No sé si lo ha hecho a propósito, pero siento que Sandra me asesta una puñalada a traición al apelar a mi vulnerabilidad. ¿Quién soy yo para invocar firmeza y consistencia cuando todos mis movimientos parecen marcados por la volatilidad de mis impulsos? "Por mucho que quisiera ir a su encuentro, en estos momentos no puedo. Debo empezar a buscar trabajo. Me quedan pocos ahorros y ya no cuento con los ingresos de Arieh", me defiendo. "De eso ni te preocupes porque yo sufragaré todos tus gastos. Lo único que tienes que hacer es viajar al pueblo cuando estés lista. No tiene que ser mañana ni pasado, pero tampoco debe transcurrir mucho tiempo. Cuanto antes mejor", insiste. "Pero ¿qué espera este hombre de mí? Además, ¿qué debo hacer cuando llegue?" Mi respuesta es mi claudicación a sus deseos, que parecen coincidir con los de Tomás Pineda.

"No vayas tan deprisa y tranquilízate. Es inútil que yo te cuente porque será él quien te lo explique todo. ¿Acaso no me has hecho mil preguntas sobre su vida y su obra? Quién mejor que Tomás para revelarte los detalles. Estoy segura de que, una vez que lo hayas conocido, comprenderás que en sus libros sí está presente el elemento amoroso que tanto te inquieta. Ha llegado el momento de que lo discutas con él sin tenerme a mí como intermediaria." De nuevo Sandra me lanza la trampa porque sabe que mi curiosidad es mayor que mi recelo. "Claro que me encantaría sentarme con él y hablar largamente acerca de los poetas ambulantes, pero no veo de qué modo una charla nuestra contribuya a que él cambie de sentir. Además, ni siquiera me conoce. Soy una lectora anónima y no creo que le interesen demasiado mis observaciones, o mucho menos mis consejos", le respondo, consciente de que ninguno de mis argumentos la hará renunciar a su empeño. "Sólo te pido que vayas a verlo. El galimatías se desarmará cuando estés allí y todo te parecerá mucho más sencillo."

Mi única salida posible sería desconectarme bruscamente de la red porque es evidente que el objetivo de Sandra es hacerme llegar hasta la casa de Tomás Pineda y presentarme a su puerta como un animal descarriado. "Lo que no alcanzo a comprender es por qué me eliges a mí cuando tú serías la candidata perfecta para alentarlo. Eres la más fiel de sus lectores. La propagadora número uno de su saga. Las relaciones públicas con la que cualquier autor habría soñado. Creo que cometes un error al encomendar tan delicada tarea a una escritora fracasada. No soy el mejor vehículo para animar a un autor empantanado. Como diría Francesca, se trata de una propuesta descabellada." Por segunda vez pronuncio el nombre de mi ex jefa y ex amante de Arieh, y lo hago de manera casual. No siento que ninguna herida se abra al mencionarla en el vacío virtual. "No te empeñes en razonar desde el victimismo. Le he hablado mucho de ti. Sabe muy bien quién eres y confía en mi juicio. Tú eres la persona ideal porque desde el principio supe que habías captado la esencia de los poetas, sorteando los obstáculos que Tomás le coloca al lector para hacerlos casi inabordables. Te identificaste con ellos y con su dolor. Comulgas con su desarraigo y compartes su desasosiego. Incluso albergas en tu mente el desarrollo de tramas que pudieran sacarlos del trance en el que están sumidos. Hasta me has hablado de eximirlos de una muerte segura por medio del amor. Tomás sólo te escucharía a ti", sentencia Sandra, callando por qué no es ella quien acude a su socorro.

"Está claro que tu amigo sí sufre de bloqueo y ha decidido recurrir a la vía más fácil: la de dar por terminada la saga con un final truculento en Tokio. Seguro que ya lo tiene escrito porque se le han secado las ideas, ha perdido la motivación que lo empujó a crearlos. La verdad es que poco puedo hacer por él teniendo en cuenta mis propias limitaciones. Ya sabes que desde hace mucho estoy varada en dique seco. Los poetas, Pineda y yo estamos desahuciados. Cuando lo vea le daré el pésame. Será una visita corta", le respondo con amargura. "No insistas en tu papel de víctima. Ya no estás bajo el ala falsamente protectora de ese muchacho, empeñado en que vivieras a través de sus ojos y su mirada. Tomás te ayudará a encontrar el camino, sólo tienes que dejarte guiar por él." De nuevo es la Sandra motivacional. La profesora de talleres literarios para mujeres desesperadas. La líder estudiantil en el patio a la hora del recreo. Hace mucho que no la veo y quisiera imaginármela con el paso del tiempo y los años, pero la única imagen que conservo de ella es la de un rostro intenso y juvenil diciéndome adiós antes de embarcarse en un viaje iniciático por las autopistas de los Estados Unidos.

"¿A qué camino te refieres? ¿Acaso no es Pineda el que anda extraviado y sin brújula, incapaz de encontrar una salida airosa para sus poetas mientras sus lectores se impacientan por la demora de la próxima y anunciada entrega? Por lo que veo, de lo que se trata es de que yo haga de lazarillo con el hidalgo escritor. Me estás enviando a una misión de rescate en calidad de perro San Bernardo para novelistas malogrados. Siento decirte que comienzas a parecerte a mi ex jefa, siempre en busca de ardides para ordeñar a sus autoras. Con la única diferencia de que Pineda es, como habría sentenciado ella, un escritor maldito y de culto", la tiento como un toro frente al capote rojo. "Está visto que estás empecinada en resucitar a esa mujer. Hoy tu ánimo es de puro masoquismo y autoflagelación. Pero no voy a caer en el engaño de tu provocación porque sólo buscas escapar de tu encuentro inaplazable con Tomás. Sé valiente y dile a la cara todo eso y más. Enfréntalo a sus fantasmas y desafíalo, pero no te escudes en esa cretina para eludir tu cita. No te arrepentirás, te lo juro por nuestra vieja amistad." Sandra sabe cómo desarmarme. Lo supo hacer desde chicas, cuando descubrió mi debilidad por la literatura. Mi querencia por las novelas que me sacaban en nubes de la modesta vivienda familiar. En aquel entonces aún no había leído *Madame Bovary,* pero sospechaba que el mundo estaba lleno de muchachas que deseaban escapar de su insignificante sino a bordo de un carruaje y junto a un amante engañoso.

"No quiero resultar cargante, pero ¿cómo es posible que tú, la más grande defensora de la literatura de calidad, pretendas que alguien como yo aconseje a Pineda? No puedo creer que entre los cientos de seguidores que tiene y que tú controlas con tanta diligencia no hayas encontrado un individuo capaz de conectar con su línea de pensamiento. En sus libros apenas hay personajes femeninos y es obvio que su obra apela más a la sensibilidad masculina. ¿No te parece paradójico que vaya a salvarlo una mujer que no puede escribir? ¿No añade más desconcierto al estado general de confusión?" Le arrojo una de sus teorías a modo de contraataque. "No me obligues a desairarte dejándote sin respuestas que no te puedo proporcionar. No es mi papel hacerlo y no voy a ceder a tus agresiones. Debes confiar en mí. Todo eso lo podrás debatir con Tomás. Al final ambos saldrán ganando con este intercambio, pero no insistas en fustigarte y en atacarme a la vez. Es un ejercicio inútil, una pataleta dialéctica que nos desgasta a las dos. Si de verdad no quieres conocerlo, dímelo de una vez y damos por terminada esta agotadora jornada. Buscaré otras vías para sacar adelante la saga de los poetas. Al contrario que tú, no creo en la rendición. Eso es lo que siempre nos ha separado." Fue lo último que me escribió antes de desconectarse.

En el fondo, Sandra y Arieh eran muy parecidos. Inclementes con las inseguridades y dudas de los otros. Recordaba a mi amiga firme en sus convicciones y categórica en sus juicios. Por eso el resto de las niñas, todavía maleables y en pleno proceso de formación, caímos rendidas a sus prédicas y arengas subversivas. Lo mismo debió sucederme con Arieh cuando lo conocí. Siempre se mostraba seguro y era tanto su arrojo que, inevitablemente, se convertía en el centro de atención de todas las reuniones y eventos. Ambos habían nacido para ser cabecillas y dirigir a su antojo. En retrospectiva, mi ex esposo tenía razón cuando veía en Sandra al más temible de sus rivales. La única persona capaz de ganarle la batalla por conquistar el debilitado territorio de mi voluntad.

"Tengo que arreglar algunos asuntos antes de marcharme de nuevo, pero te avisaré cuando esté lista. No creo que me tome más de una semana hacer los preparativos del viaje." Aunque aparentemente Sandra no está conectada, estoy segura de que aguarda mi respuesta agazapada en la red. De nuevo estaba a punto de partir cuando aún no me había hecho a la idea de que la casa había recuperado mi olor.

DIEZ

La semana llegaba a su fin y ni Sandra ni yo nos buscamos en la red después de nuestro último intercambio. Nos conocíamos lo suficiente como para saber que lo mejor era esperar gestos concretos si no queríamos hacer peligrar nuestra frágil relación por internet, conducida tan a ciegas como los incautos desconocidos que inician romances en los chats, pero con la desventaja de ni tan siquiera contar con fotos retocadas que alimenten las esperanzas de un feliz encuentro.

Debía confiar en mi amiga a pesar de su rechazo a que nos volviéramos a ver después de tantos años. Se había negado a aclararme los inmensos huecos negros de su existencia, desde su salida del colegio hasta que volvió a dar señales de vida. A pesar de ello, le sorprendía que yo pudiera tener reparos en presentarme a la puerta de alguien tan inaccesible como Tomás Pineda. Así de sencillo lo veía ella, habituada a no reconocer límites que pudieran malograr sus designios.

El plazo de siete días estaba a punto de cumplirse y aún no terminaba de ultimarlo todo antes de abandonar de nuevo mi piso. No sabía cuánto tiempo duraría tan peculiar visita. Suponía que, a lo sumo, pasaría unos tres o cuatro días en aquel pueblo del sur antes de regresar a Madrid, pero Sandra no me lo había aclarado. Como tampoco me dio detalles de dónde me alojaría, aunque era de esperar que Pineda se encargaría de buscarme una pensión cerca de su vivienda. Tenía pensado viajar en tren hasta la localidad más cercana, pero ignoraba si el ermitaño autor me recibiría en la estación o debía agenciármelas para llegar hasta el pueblo. Además, ¿qué protocolo debía seguir una vez que llegara? ¿Cómo debía dirigirme a él? ¿Me iba a enfrentar a un intelectual solemne y distante o a un hombre vencido y cálido? Era inútil preguntarle a Sandra, porque era evidente su negativa a esclarecer los pormenores del encuentro. A estas alturas continuaba sin saber si ella lo había conocido alguna vez o si su trato sólo había sido epistolar.

Muchas veces había conjeturado en torno a su relación con Tomás Pineda. Tal vez habían coincidido en un evento literario o en un homenaje a su obra, organizado por ella como si de un club de fans se tratara. Pero Sandra nunca me había hecho mención a eventos de esta naturaleza ni daba indicios de hacer desplazamientos fuera de Mallorca. También era cierto que no estaba al tanto de sus movimientos cuando, durante días, o inclusive semanas, se ausentaba de la red. Tratándose de ella, no habría sido extraño que tuviera una doble vida y que a mí sólo me mostrara su lado de eremita en busca de adeptos a su particular causa literaria. También era posible que su único contacto con Pineda, al igual que con el resto del mundo, fuese por medio de cartas o mensajes. Ambos parecían compartir el gusto por la soledad y el aislamiento, y podían haber llegado al acuerdo de que ella fuera su principal propagandista, siempre y cuando salvaguardara su intimidad del acoso de los entrometidos empeñados en descifrar las claves de su vida y obra. Ahora, por razones que no alcanzaba a vislumbrar, Sandra y el creador de la saga de los poetas querían que yo formara parte de su cosmos cerrado y me invitaban a participar de sus ritos secretos.

Una mañana, tras acudir al banco para sustraer dinero de la transferencia que Sandra me había hecho para los gastos del viaje, como una autómata me encaminé al señorial barrio donde estaba situada la editorial en la que trabajaba Francesca. Ya había finalizado el verano y, tras el cierre obligado de agosto, en los primeros días de septiembre siempre había mucha actividad en la primera planta que ocupaban en un elegante edificio. Con las pilas cargadas y después de su habitual veraneo en su masía de Ibiza, lo más probable es que mi ex jefa, bronceada y descansada, estuviera despachando con sus empleados —en su mayoría mujeres— y taconeando de un lado a otro alzada en sus infinitos *stilettos,* desde donde las órdenes siempre parecían intimidar más. Seguramente mi puesto ya lo ocupaba otra chica más joven y ambiciosa que yo, a ser posible desprovista de la incómoda vocación de escritora y con ansias de descubrir nuevos valores literarios bajo la supervisión de una editora capaz de motivar a sus subalternos. Una verdadera aprendiz de cazatalentos dispuesta a leer cientos de manuscritos de mujeres para mujeres hasta dar con el coctel ideal de todas las recetas mágicas juntas y bien revueltas: la pócima del éxito asegurado. Siete semanas seguidas en la lista de los libros más vendidos. Un ascenso meteórico, un bono a fin de año, un cheque-regalo para comprar un *negligé* prohibitivo. Cortesía de Francesca, una auténtica amazona que tanto creía saber del alma femenina y de las debilidades de los hombres.

Estaba sentada en un banco diagonal a la entrada del edificio y entretenida con mis pensamientos cuando me di cuenta de que ya era mediodía. La hora en que, fiel a sus horarios metódicos, mi ex jefa saldría de la oficina para dirigirse a la cafetería donde cada día ordenaba una ensalada y una copa de vino tinto. Miré mi reloj y, criatura predecible, poco después apareció junto a dos empleadas que no recordaba haber visto antes. Las tres charlaban animadamente y Francesca, que caminaba en el centro, gesticulaba con la soltura y el aplomo de quien se sabe escuchado. Como era de esperar, lucía un traje de chaqueta inmaculado y ceñido. Todavía llevaba sandalias de verano con las vertiginosas plataformas que se habían impuesto esa temporada en las capitales de la moda. No temí observarla detenidamente porque estaba segura de que, a pesar de la peligrosa cercanía, no me reconocería. Yo era invisible a los ojos de su soberbia. Incorpórea frente a su arrojo. Impalpable contra su desprecio.

Francesca se alejó con sus dos nuevas adquisiciones. Seguramente una de aquellas atractivas jóvenes era mi sustituta, y durante aquel almuerzo *light* de mujeres triunfadoras y acosadas por los constantes mensajes de texto en el Blackberry, mi ex jefa debió darles una lección magistral sobre lo que diferencia a una "lectora" capaz de descubrir un *best seller* de una "lectora" incapaz de apreciar la Gran Novela de mujeres para mujeres. Después del *lunch* y antes de regresar a la editorial acudiría a una cita secreta con algún hombre casado. Era la novela dentro de la novela. La técnica de las cajas chinas, en su caso primorosamente envueltas en el papel azul turquesa de un obsequio de Tiffany's.

De regreso a casa paseé sin rumbo y con pausa, dando rodeos por la ciudad para dilatar el momento de hacer la maleta. Me detenía frente a los escaparates de las tiendas y en el reflejo veía mi diminuto despacho en la editorial. La mesa llena de manuscritos y latas vacías de Coca-Cola, espachurradas por el aburrimiento que me producían aquellos mamotretos. Pelotas de papel que delataban mi falta de dedicación, y en el tablero de corcho recortes de periódico con artículos sobre la saga de los siete poetas ambulantes. Hasta un dibujo a pluma que un semanario cultural había publicado con un retrato imaginario de Tomás Pineda. El ilustrador lo había dibujado con barba y la mirada lánguida. Las cejas, espesas y delineadas en un arco caído, le dispensaban un aspecto de infinita tristeza que le daba un aire a Soljenitsin. Así lo había concebido el artista. Dudaba que mi suplente hubiera llegado a ver mis *souvenirs* sentimentales. Estaba segura de que Francesca los había tirado a la papelera antes de instalar en mi antiguo cubículo a la nueva "lectora", con la prontitud de quien se deshace de un material radioactivo.

Me detuve en los puestos de un mercadillo callejero y me fijé en un delicado anillo de plata. Después de mucho titubear, también me decidí por un vestido de tirantes. Me lo compré pensando en mi inminente viaje. Posiblemente sería la última prenda de verano que luciría antes de que llegaran los primeros fríos de otoño.

Aunque no tenía noticias de Sandra y no había concretado nada con ella, aquella noche me dispuse a hacer la maleta. Separé unos cuantos pantalones y camisetas y me probé frente al espejo mi vestido nuevo. Era blanco y estaba salpicado de pequeñas flores de colores. A pesar de que mi delgadez no se ajustaba bien a los contornos y la palidez de mi piel se perdía en la blancura de la tela, me pareció que no me sentaba mal del todo. Me presentaría ante Tomás Pineda con aquel bonito traje. Si mi amiga me hubiese sorprendido posando frente al espejo no se le habría escapado mi gesto de coquetería. Mi propósito era causar una primera buena impresión a Pineda. Deseaba impactarlo antes de pronunciar el nombre de "Sandra" como contraseña, con la intención oculta de que a partir de ese momento sólo quisiera evocar el mío.

Tal vez mi antigua compañera de colegio habría impedido mi viaje si hubiera sabido todo lo que me pasaba por la mente mientras colocaba mis prendas en la valija. Ya no sentía pánico ante el inaplazable encuentro con Tomás Pineda, sino impaciencia por tocar a su puerta y convertirme en su confi-dente. Comenzaba a abrazar la idea de que suplantaría a Sandra en el papel de su valedora y que él traspasaría su confianza a mi persona. Si no estaba dispuesta a abandonar por una vez su cómodo refugio mallorquín, ¿por qué habría de confiscar el papel de dama de llaves del corazón de Tomás Pineda? Ella misma me había confirmado que yo era la elegida entre sus miles de seguidores. La única capaz de devolverle el ánimo para que les perdonara la vida a los siete poetas ambulantes. Me sentaría junto a él y escucharía sus lamentos como una musa para autores maltrechos. ¿Acaso no había aparecido en la vida del Borges anciano y ciego la influencia revitalizadora y oriental de María Kodama, para luego erigirse como la celosa guardiana de su obra memorable? Yo podía aspirar a lo mismo.

Nunca antes me había proyectado como rival de Sandra, sino como su discípula. Incluso como paciente suya, dispuesta a que diagnosticara mis males y me recetara remedios contra mis aflicciones literarias. Pero ahora, a punto de iniciar un viaje que me llevaría al sur, la percibía como una contrincante y no tenía intención de que en esta ocasión me usurpara el protagonismo, como habría hecho cuando éramos adolescentes, siempre dispuesta a ser adalid de muchachas vacilantes. No permitiría que, estando lejos y confinada a una isla, su ausencia consiguiera opacar mi encuentro con Pineda. Era posible que estuviera condenada a no ser una escritora, pero no me dejaría arrebatar el muy digno papel de "secretaria" de un autor de culto, asistente personal de un novelista maldito. A cargo de tutelar y preservar para la posteridad la obra de Tomás Pineda.

Sandra siempre se había negado a compartir conmigo sus fantasías en torno al creador de la saga de los poetas. Me había llegado a amonestar por haber incurrido en la frivolidad de preguntarme si era rubio o moreno, delgado o corpulento. Acerca de los sueños que tuve con él en la India, les quitó importancia y pretendió que yo creyera que nunca había tenido la debilidad de hacerse ilusiones con él. Pero ahora estaba segura de que cada noche a sus ensueños acudía el espectro de Pineda y que, de no haber sido por esas apariciones, mi compañera de la infancia no habría tenido pretexto ni motor para levantarse cada mañana. Porque aquellos años que fueron como viajes a otras galaxias debieron obedecer a experiencias que no podía nombrar. Tras su prolongada ausencia, había reaparecido envuelta en un enigma como el de los astronautas que por primera vez pisaron la Luna y que, tras volver a la Tierra, se presentaron extrañamente transformados. Como si alguien o algo hubiese secuestrado sus almas. De igual forma había retornado Sandra a mi vida.

Mi equipaje estaba listo y, aunque en un principio había guardado en la mochila de mano los manuscritos mimeografiados de la saga de los poetas, al final decidí dejarlos. No quería que el olor a pachulí que los bañaba pudiera desenterrar la imagen de mi amiga. Lo más probable es que él también se hubiera visto asediado por su correspondencia perfumada y de lo que se trataba ahora era de borrar cualquier evocación de mi adversaria. Además, si algo me iba a sobrar eran días para tener entre mis manos los originales escritos por el propio Tomás Pineda.

ONCE

Desde la ventanilla del tren el paisaje fue transformándose a medida que nos acercábamos a la desértica aridez del sur. Todavía quedaban unas horas antes de llegar a la estación de Almería.

"A tu llegada un chofer te estará esperando en la terminal y te llevará hasta las afueras de Agua Amarga. Allí es donde Tomás vive desde hace unos años", me había revelado Sandra tras haberle comunicado que ya estaba lista para emprender el viaje. Los periodistas que habían viajado hasta Andalucía en busca de una entrevista exclusiva con Pineda habían mencionado este pueblo costero como el lugar donde se creía que vivía recluido, pero nunca habían dado con su paradero. "Vive apartado en un montículo por un desvío de la carretera. Sin la ayuda de los lugareños es imposible encontrarlo", había añadido mi vieja amiga sin entrar en más detalles acerca de dónde pasaría las noches durante mi visita o cuánto duraría mi estancia. Su nuevo tono era más bien ausente y escueto, como si simplemente fuera una agente de viajes facilitándome información sobre la excursión que estaba a punto de iniciar. No me preguntaba nada sobre mi estado de ánimo o las dudas que hasta ahora me habían atormentado. Y yo tampoco tuve deseos de provocar otra tortuosa sesión de interrogatorios y contrainterrogatorios. Pareciera que ambas hubiéramos llegado al acuerdo tácito de distanciarnos, ahora que yo estaba a punto de conocer a Tomás Pineda, como si comprendiéramos sin hablarlo abiertamente que entrábamos en una dimensión desconocida. Otro plano de la realidad en el que ya no había cabida para los mensajes instantáneos y de auxilio. No había tiempo para más consejos o interminables disquisiciones sobre la literatura de mujeres para mujeres, enfrentada a la literatura a secas. Como si supiéramos, sin decírnoslo, que su misión (la de Sandra) de alguna forma había concluido. Todo comenzó siendo chicas en el colegio. Continuó tras la larga etapa de su desaparición y finalizó con un reencuentro virtual que me rescató de una desastrosa relación amorosa y de un estancamiento creativo que se había visto sacudido por el descubrimiento de Pineda y sus siete poetas ambulantes. Ella los había traído a mi vida no como un inocente obsequio, sino como un chorro a presión que apelaba con tal intensidad a mi deseo (frustrado) de ser escritora, que por momentos parecía estar dispuesta a destronar al creador de la saga de los poetas con tal de salvar a sus criaturas inventadas de un desánimo que podía conducirlos a su muerte literaria. Eso es lo que Sandra había conseguido de mí con sus manuscritos perfumados, sus preguntas inquisitivas y la constante vigilancia que desde lejos me había impuesto durante mi estancia en la India, hasta lograr por control remoto que huyera de aquel intoxicante exotismo que ponía en peligro su plan maestro, cuyo cometido final era que acudiese al encuentro de Tomás Pineda. Todo eso pensaba acomodada en un compartimiento de primera en el que yo era la única pasajera.

Agua Amarga no era desconocida para mí. Poco después de que Arieh se instalara en mi piso fuimos a pasar unos días en una casita situada al borde de la playa. No era un pueblo con un encanto especial y en sus cuatro calles no existía ninguna plaza o edificio memorable, pero tenía la gracia de una localidad recoleta, sin mayores aspiraciones que la de ofrecer buen pescado y marisco en los días de amor y descanso, sentados en una terraza encallada en la arena. A unos pasos del mar.

El tren de alta velocidad rodaba como una bala silente sobre los raíles y en cada cambio de colores indefinidos que se asomaban a la ventanilla recibía las ráfagas de aquel recuerdo, tan tibio como la tarde que me adormecía en la soledad de un trayecto que me devolvía al sur. Arieh y yo habíamos sido felices allí y las horas que faltaban para conocer a Tomás Pineda me hicieron retroceder en el tiempo, hasta devolverme a aquel bungaló frente a la playa. Las largas madrugadas en las que nos fuimos conociendo poco a poco acompañados del oleaje nocturno. Yo, tan secretamente feliz porque creía haber encontrado el ancla que me mantendría atada a la tierra y lejos de aquel extraño apremio por el desarraigo y la fuga. Cada abrazo y cada caricia eran un refugio contra la intemperie de mis inseguridades. Tenía padres pero, como bien había observado Sandra, mi mirada era la de un huérfano, algo que debió presentir Arieh desde entonces. Fue, sin duda, una relación muy fuerte. Así la sentía cuando nos exhibíamos impúdicamente enamorados y dichosos. O cuando yo lo contemplaba mientras dormía, sorprendida de tener un pelirrojo a mi lado. Tan curiosa la caprichosa pigmentación de sus pecas, tan único en su firmeza y en su voluntad. Tan diferente de mi naturaleza cuando, sin apenas saber nada del otro, ya me pedía tener un hijo enlazados y flotando en la playa de Agua Amarga. Con todo aquel salitre que le gustaba lamer de mi piel y que luego, con el tiempo, nos escocería como un buche áspero.

Sandra no habría admitido una teoría en torno a la fuerza del destino para explicar mi regreso a Agua Amarga unos años después. Ella, contraria a las creencias elementales de Francesca, habría culpado al azar de la coincidencia. Yo, siguiendo su línea de pensamiento y para no traicionar mi desapego por la literatura de presagios y sortilegios, debía creer que la ley de probabilidades descartaba cualquier pueblo del sur salvo el mismo en el que en un pasado no tan lejano creí, equivocadamente, haber recalado en el amor definitivo y duradero. Ahora volvía sola para encontrarme con un desconocido al que debía arrojar un salvavidas. "Puras casualidades de la vida", habría afirmado mi antigua compañera de colegio si yo le hubiese preguntado. Pero antes de marcharme no me molesté en explicarle que conocía de memoria los pocos rincones de aquella minúscula localidad y que, incluso, podía invitar a Pineda a que me acompañara en un recorrido sentimental que acabara en la terraza de aquella cabaña frente a la playa. Ése sería el lugar escogido por mí para que ambos habláramos de nuestros males como dos enfermos que recién se conocen en un balneario.

Ya era de noche cuando bajé del tren y no tardé en divisar a un señor mayor y con aspecto de aldeano que portaba un cartel con mi nombre. Por un instante sufrí el espejismo de ver a Prem avanzar entre la gente antes de que me besara castamente en la mejilla. "¿Es usted la señora Andrea de Madrid?", fue todo lo que me dijo el parco chofer antes de cargar con mis bultos y llevarme en silencio hasta Agua Amarga. Al llegar a lo que yo aún recordaba como la entrada del pueblo, el hombre pasó de largo. "Perdone, ¿pero no le indicaron que me dejara en un hotel o una pensión?", le pregunté con cierto nerviosismo. "No, me dijeron que la llevara hasta la casa del Señor. Él la está esperando allí." Opté por callar. Aquel hombre había dicho "Señor" con el énfasis ceremonioso de quien habla de alguien con sumo respeto. Seguro que los del pueblo, como Sandra y el resto de sus seguidores, veneraban a Tomás Pineda como un dios. El culto a su persona se había diseminado en un sitio tan insólito y remoto como Agua Amarga, donde no había dinero suficiente para "comprar" a sus contados habitantes a cambio de que le revelaran a la prensa el paradero de este ermitaño. Como en Fuenteovejuna, era evidente que el conductor y los otros vecinos cumplían a ciegas las instrucciones de aquel protegido.

Tal y como me había avisado Sandra, el camino a la casa de Pineda era una senda empinada y sin asfaltar que conducía hasta una ladera al filo de un acantilado. En medio de la oscuridad y tras avanzar varios kilómetros, al fondo aparecieron las sombras de una pequeña vivienda de cal, semioculta entre una maleza de cactus. Con el resplandor de las luces del coche, me pareció ver un huerto al costado. Tras bajarme, cuando quise despedirme del chofer que me había conducido hasta esa guarida, éste, después de depositar mi equipaje en la vereda, ya estaba dando marcha atrás en la penumbra y yo me encontraba a solas frente a la puerta de la vivienda. Miré mi reloj de pulsera. Era pasada la una de la madrugada.

No se vislumbraba luz alguna en el interior y tardé unos minutos en reaccionar al verme en tan extraña situación. A menos que estuviera profundamente dormido, Tomás Pineda debió sentir el ruido del auto que se acercaba en medio del silencio sepulcral. Pero yo no escuchaba ningún movimiento ni veía una mano apartar las cortinas de la ventana. Me temblaban las piernas y de pronto temí ser la protagonista de una broma macabra urdida por dos mentes febriles como las de Sandra y Pineda, acaso cómplices de un plan siniestro para asesinarme en medio de la noche. Podían deshacerse de mi cadáver sin temer que se descubriera el crimen porque nadie, excepto el chofer, sabía de mi viaje. Mis padres me hacían en la India, Arieh ya me había olvidado, Prem estaba demasiado lejos y Francesca se había adelantado a mi entierro expulsándome de su paraíso editorial. Pero ¿qué motivo podían tener para querer matarme? Tal vez la sospecha de que yo era la única persona capaz de prolongar la vida de los siete poetas, desafiando el deseo de Pineda de acabar con la saga. Había cometido la imprudencia de compartir con Sandra mis ideas sobre posibles tramas que continuarían las entregas que sus lectores esperaban con impaciencia. Por eso su insistencia en hacerme venir hasta aquí y enfrentarme a mi antagonista literario. Si Pineda quería acabar de una vez con los siete poetas ambulantes, también era preciso eliminarme a mí. Un pánico súbito me recorrió el cuerpo al comprender que al otro lado me esperaban los dos, Sandra y Pineda, para hacerme pagar por mi insolencia. Me di la vuelta con la intención de alejarme de aquella escena de terror y desolación cuando de pronto se abrió la puerta. "Perdona, pero me quedé dormido esperándote." En la oscuridad, la voz de Tomás Pineda era acogedora aunque, inesperadamente, aguda.

"Te parecerá de locos, pero hace dos días que estoy sin electricidad y me las arreglo con velas", me dijo mientras encendía un candelabro que reposaba sobre la mesa del pequeño salón de estar. Poco a poco me acostumbré a la tímida luz que provenía de los cirios y fue ese breve periodo lo que tardé en recomponer el rompecabezas mil veces imaginado de su rostro. Aunque nos movíamos en las sombras pude ver que, contrario a lo que siempre había supuesto, Tomás Pineda era muy moreno de piel y su largo cabello anudado en una coleta era liso y negro. A pesar de lo poco que distinguía de sus facciones, comprobé que eran aindiadas. Me pareció que vestía unos vaqueros muy raídos y una vieja camiseta que le quedaba grande. En lo que no me traicionó mi imaginación fue en su constitución. Como ellos, el padre de los poetas parecía consumido y su delgadez era el fruto de la extenuación. Pineda también parecía estar al límite, sólo que ellos (sus hijos literarios) zozobraban en Tokio mientras que él se extinguía al borde de un despeñadero a las afueras de Agua Amarga.

Sin reponerme de la fantasía de horror de morir a sangre fría por crímenes literarios que aún no había cometido, me limitaba a contestarle con monosílabos mientras él me hablaba quedo y yo asimilaba sus modales delicados y lentos. Apenas un "sí" o un "no" ante las preguntas obligadas de si tenía hambre, de si quería una infusión, de si necesitaba darme una ducha. "Esta noche no tenemos luz, pero el agua templada nunca falla", me dijo esbozando una melancólica sonrisa entre sus desordenados dientes. Avanzaba por la casa con el candelabro en la mano mostrándome la cocina, el baño, su estudio y mi habitación. "Debes de estar muerta de cansancio. Mañana ya tendremos tiempo de hablar y, además, a la luz del día." Sus palabras eran amables y su tono dulce y apagado. Iluminada por una vela sobre la mesilla de noche, mi estancia apareció pintada de azul cielo y sobre las desnudas paredes destacaba el retrato a pluma que de él habían publicado. No pude evitar reírme por dentro al constatar que nada tenía que ver aquella imagen de un hombre barbudo y cejijunto con la de esta sombra en pena que me deseaba buenas noches como un padre que acuesta a una hija. A lo mejor tenía razón Sandra cuando criticaba mi afán superficial de ponerle cara a Pineda. Todas mis lucubraciones no se habían aproximado ni de lejos a su esencia: la de una melancolía infinita.

Tras las emociones vividas, el cansancio era tan grande que logró domar mi turbación. Me desvestí como una sonámbula y coloqué la ropa sobre una silla de mimbre. Era lo que quedaba del coqueto vestido de flores que me había comprado en Madrid. Arrugado y manchado después del largo viaje. Tras apagar la vela, a oscuras, por primera vez advertí que el ruido de las olas llegaba hasta aquella casa separada del mar por un barranco.

DOCE

Al día siguiente abrí los ojos desorientada y, aunque aún me encontraba cansada por la tensión de la noche anterior, tuve la sensación de haber dormido muchas horas, algo que comprobé al mirar la esfera de mi reloj. Ya era mediodía y ni siquiera la ausencia de persianas que permitía un baño de sol en la habitación había conseguido interrumpir mi sueño.

Cubriéndome con un chal, me asomé al salón y caminé hasta la cocina, pero por el silencio comprobé que mi anfitrión no se encontraba en la casa. Pineda había dejado una nota sobre la mesa: *He bajado al pueblo para arreglar lo de la luz. Te he dejado preparado café y en la despensa hay galletas. Estás en tu casa.* Muerta de hambre, me serví un tazón de café con leche y abrí un paquete de bizcochos azucarados. Salí por la puerta del costado que daba a un pequeño jardín y, sentada junto a una despintada mesa de madera, me dispuse a comer tras largas horas de ayuno. Era un día transparente.

La vivienda era austera y carecía de comodidades. El único rincón con una pincelada de color era la huerta, llena de flores y tiestos con los más variados cactus. Abundaban los jazmines y unos enormes girasoles que tenían expresión de personas serias. El olor de las hojas de albahaca se mezclaba con el del tomillo y había que espantar a las abejas que revoloteaban atraídas por el dulzor del néctar. Era evidente que Tomás Pineda empleaba largas horas al cuidado de ese oasis, donde en un cajón de madera reposaban sus utensilios de jardinería. Todo ese esmero contradecía su aparente abandono literario. Pineda era capaz de dedicar tiempo a sus plantas mientras dejaba morir a sus propias criaturas. Los siete poetas, a punto de extinguirse sin el abono de su creatividad, mientras aquel vergel florecía por el mimo de un novelista que prefería la horticultura a la escritura.

Me resultaba extraño ser huésped en un paraíso perdido pero, acunada por la brisa ligera, por un momento olvidé que la invitación era temporal y jugué con la idea de quedarme a vivir allí para siempre. A fin de cuentas, nadie me echaría en falta. Ni siquiera mis padres, tan acostumbrados a tenerme lejos. Una vez más habría traicionado la promesa de regresar a mi escritorio junto a la ventana, pero mi casa también se había habituado a mi ausencia. Tanto, que esta vez hasta mi ordenador había quedado atrás. Cerrado y sobre la mesa como un juguete olvidado, para asegurarme de que Sandra no estuviese incordiando a todas horas con mensajes que me distrajesen de mi encuentro con Tomás Pineda y, también, porque no quería caer en la tentación de recurrir a ella. Había llegado el momento de dilucidar los interrogantes y enigmas sin su injerencia. Cara a cara con el autor de la saga de los poetas, sin el arbitraje embarazoso de la persona que nos había unido.

De todos modos, aunque hubiese querido conectarme en la red con mi vieja amiga, no habría sido posible porque nuestro escritor predilecto vivía de espaldas a los avances tecnológicos. En su estudio sólo había una vieja máquina de escribir Remington, y sobre el quicio de la ventana descansaba una radio, que era el único vínculo con el exterior, pues no había teléfono, ni televisión ni un aparato de música. Además de las ondas radiofónicas, la única melodía disponible era el susurro del mar.

Aquella casa situada al borde de una pendiente y protegida por matorrales espinosos era la última muralla que resguardaba a Tomás Pineda de las intromisiones mundanas, pero todo apuntaba a que Sandra había logrado burlar el cerco de su intimidad hasta tener acceso a su existencia de cenobita. Aunque no había buzón a la entrada de la humilde fortaleza, tal vez el taciturno chofer que me había llevado hasta allí semanalmente le subía la correspondencia embriagadora de mi amiga. Sin embargo, el intenso aroma del pachulí no se percibía en ninguna de las estancias, donde, salvo el dibujo a pluma de un falso Tomás Pineda, no había fotografías ni recuerdos. Como si nunca hubiera tenido pasado y su presente se resumiera en el misterioso lenguaje de unas flores que regaba cada día antes de que se hiciera de noche.

Podría haber prolongado las ensoñaciones, anestesiada por el paisaje bucólico, pero la llegada de mi anfitrión interrumpió mi fantasía de que aquél era el lugar donde pasaría el resto de mis días. "¿Te asusté?", me dijo al sacarme de mi modorra al sol. Tras dejar sobre el suelo una serie de bolsas, se sentó a contraluz frente a mí. Así, iluminado al natural, sus rasgos de mestizo resaltaban enérgicamente. Su piel aceitosa refulgía en tonos cobrizos y su espesa melena era lacia y brillante como la de los indios que salían en los viejos *westerns* de Hollywood. La impresión de la noche anterior no había sido un sueño: hablaba bajito, como en murmullos, y cada palabra goteaba almíbar. No, no me había asustado. Su presencia me llenaba de sosiego después de tantas falsas hipótesis que me habían abrumado. Le quise hablar de "usted" y me lo prohibió con gentileza. "¿Desde cuándo te dedicas a cuidar del jardín?", fue la primera vez que lo tuteé. "Desde el primer momento en que llegué aquí, hace ya tiempo. Si lo hubieras visto entonces, te habría dado pena. La huerta, que en su día había estado llena de hortalizas y flores, estaba abandonada y la maleza lo cubría todo. Desde el principio quise recuperar el espíritu del jardín que alguien una vez cuidó." A pesar de su aspecto débil y la inmutable añoranza que brotaba de su mirada, Pineda se entusiasmaba al hablar de esa pequeña parcela de tierra que parecía ser su proyecto más ambicioso. "Fíjate bien cómo a ciertas horas del día mis girasoles se ladean en busca de la luz del sol. Es una extraña coreografía en la que todos giran a la vez como en un baile." Era evidente que podía pasarse horas hablando con orgullo de aquellas plantas como si se tratara de sus hijos.

Pineda entró a la casa para colocar la compra, y mientras faenaba en la cocina permanecí sentada al sol, pasiva y a la espera de que fuera él quien abordara el motivo de mi visita. Había decidido no tocar el tema ni mencionar a Sandra a menos que él lo hiciera. A medida que avanzaban las horas sentía que mi pasado se alejaba como el tren de alta velocidad que me había llevado hasta allí. El cometido de la misión que me había encomendado mi amiga de la infancia parecía diluirse en la sencillez de la realidad que ahora me circundaba. A simple vista, bastaba con que le hiciera compañía a un hombre frágil al que ya no le interesaba su vocación literaria, sino el cuidado de su huerto. ¿Por qué debía alterar el orden de las cosas, dirigida por Sandra desde una isla lejana? Ambos, Pineda y yo, debíamos escapar a su afán proselitista. A pesar de la pereza que me causaban estas cavilaciones rodeada de tanta paz junto a ese acantilado, concluí que mi ex compañera de colegio nos había reunido allí para obligarnos a escribir. Tomás Pineda debía continuar la saga de los siete poetas ambulantes y yo estaría obligada a encontrar una trama para la novela que no era capaz de concebir. En el peor de los casos, estaba allí en función de musa, para alentarlo y ayudarlo a sacar a los poetas del trance en el que vivían sumidos en Tokio. Como un acto de rebelión, le propondría que de una vez por todas rompiéramos con los dictámenes de una mujer que, en su locura, jugaba a ser agente literaria por control remoto de escritores sentenciados. Yo lo ayudaría con su jardín y apartaría a los curiosos mientras disfrutábamos de una vida retirada.

El día transcurrió apacible y sin iniciar conversaciones que podían condicionarnos a intimar. Entre los dos preparamos una frugal comida y después del almuerzo Pineda se retiró a su estudio, donde permaneció un par de horas con la puerta cerrada. Acostada en mi habitación, no escuché las teclas de su Remington. Tal vez leía o dormitaba. Todo era silencio a esa hora de la tarde y me dejé sumir en un letargo que me llevó hasta las Puertas de la India. Paseaba sola y despreocupada mientras comía frutas que sacaba de un cucurucho. En el sueño hablaba con los otros paseantes como si dominara su lengua. Al final aparecía Prem invitándome a subir en un *rickshaw* de vivos colores. Nada más sucedía.

Al caer la noche, Tomás Pineda me pidió que lo ayudara a regar las plantas y sacamos agua de un pozo que se encontraba a unos metros del terreno. Repetimos la escena de la conversación que habíamos mantenido en la mañana, sentados junto a la despintada mesa de madera. Aunque ya contábamos con luz eléctrica, preferimos encender las velas. "Podría quedarme aquí toda la vida", le dije. "Eres mi invitada y no seré yo quien te diga cuándo debes marcharte, pero no pienso permanecer aquí por mucho más tiempo", me contestó sin mirarme. Sus ojos se dirigían a la oscuridad, más allá del despeñadero. A propósito, no quise saber más y reprimí mis deseos de aclarar sus palabras. Era mejor alargar una situación de amable ambigüedad. Me marcharía de ese particular edén cuando fuese expulsada, pero no antes ni por mi propia voluntad. "¿Cómo encontraste esta casa en un lugar tan apartado? De todos los sitios posibles, ¿cómo llegaste a Agua Amarga?", le pregunté con la intención de alejar la conversación de mi persona. "En realidad no vine hasta aquí por casualidad. Jamás había escuchado nombrar este pueblo y, recién llegado de Argentina, mis conocimientos de España eran pocos, con la salvedad de ciudades grandes como Madrid o Barcelona." La voz de Pineda nunca sufría cambios. Siempre era suave y un poco cantarina. Me costaba imaginarlo iracundo o violento. "Cuando tuve que salir de Buenos Aires huyendo de la dictadura, alguien me dio los datos para que contactara al chofer que te trajo anoche. Un hombre del pueblo que durante años fue el guardés de esta propiedad. En otros tiempos ésta fue la casa de veraneo de una familia. Por eso, en el pasado cuidaron del jardín con esmero. Incluso hubo una época en la que estuvo mejor amueblada de lo que la ves ahora. Cuando me instalé aquí llevaba abandonada largo tiempo. En Argentina, cuando caí en desgracia, hubo una persona que hizo los arreglos necesarios para que me refugiara aquí. Desde entonces no me he movido. Todo lo que necesito lo tengo en esta casa. No me ha hecho falta más." "Te comprendo. Yo tampoco iría a buscar nada más fuera de aquí. Ni siquiera creo que sea tan difícil sobrellevar la soledad en un lugar privilegiado como éste", le contesté mientras me fijaba en los pronunciados surcos de su rostro. Su extremada delgadez contribuía a que pareciera mayor de lo que era. "No estoy tan seguro, Andrea. Yo no he elegido esta vida solitaria. Habría preferido vivir acompañado, dormir cada noche junto al calor de una mujer. Es un desperdicio tener esta maravilla de huerta para mí solo y sin un niño que corretee por todos lados, ¿no te parece?" No estaba preparada para semejante respuesta. Me sentí desarmada frente a un hombre sobre el que lo ignoraba todo. Mis veleidades de lectora me habían impedido reconocer la fibra sentimental de Tomás Pineda en las páginas de sus libros. En algún lugar del periplo de los poetas vivía escondido su corazón y ahora, frente a un horizonte estrellado, se lamentaba de un amor que no tenía y de unos hijos que no pudo engendrar. Maldije a Sandra porque no me quedó más remedio que evocarla. Tantas veces me lo dijo y otras tantas lo negué: Pineda había conocido la pasión y el llanto callado de sus poetas encerraba lágrimas por la ausencia de alguien querido y deseado. El autor de culto tan buscado en la lengua española como Salinger y Pynchon en la lengua inglesa, no tenía el menor interés en hablarme pomposamente de su obra ni en presumir de citas cultas. Con la mirada nublada, Tomás Pineda se lamentaba de no tener un hogar y una prole de chiquillos juguetones. Compartíamos confidencias de mesa camilla, como si fuéramos dos mujeres desconsoladas. Tal vez, la situación ideal en una novela de mujeres para mujeres. "¿O es que nunca has pensado en esa posibilidad? Me refiero a la de tener niños", añadió al ver que yo permanecía en silencio. ¿Acaso mi amiga le había hablado sobre mi desinterés por la maternidad? Pero tampoco recordaba haberle hecho esa confidencia a ella. Se me emborronaba el contenido de todos nuestros correos. A esas alturas no era capaz de distinguir lo que Sandra sabía o no de mí.

"No es algo que tenga presente. Supongo que tiene que ver con la idea de encontrar a la persona ideal para formar una familia y eso no me ha sucedido", fue mi imprecisa réplica para evitar contarle lo de Arieh y mis verdaderos sentimientos al respecto. "No creo que existan ni la persona ni la situación idónea para desear un hijo. Más bien pienso que se trata de un momento en el que el ímpetu entre dos personas que se aman es tan grande que de ahí surge la necesidad de multiplicarse. El amor no es racional, sino puro verbo en acción. Pero hay que dejarse llevar. De lo contrario pierdes el tren y te quedas sin conocer tan inigualable sensación." Tomás Pineda parecía hablar iluminado por el conocimiento de la experiencia y sus palabras me recordaban las de un consejero espiritual. A lo mejor yo no estaba allí para auxiliarlo por un supuesto ataque de bloqueo de escritor, sino para que me pastoreara sentimentalmente y así, de una vez, abandonar mi estado vital de orfandad.

"Pero si vives tan aislado es porque lo has elegido. Si tanto hubieses querido tener mujer e hijos habrías hecho lo posible por conseguirlo", le respondí reconduciendo la conversación hacia su persona. No había viajado a un lugar tan remoto para ser interrogada acerca de mis contradicciones interiores, sino para conocer de cerca a Tomás Pineda. El novelista. "Puede que tengas razón.

Es evidente que no luché lo suficiente por mantener vivo un amor y la consecuencia de ello es esta casa vacía y sin más ruido que el eco del mar. Ésa es la culpa que llevo por dentro y la que me ha torturado todos estos años. La insolencia de haber despreciado la entrega del otro. Eso se paga caro, Andrea." Ahora sí me miraba a los ojos y su habitual melancolía había cobrado una intensidad difícil de soportar. El peso de toda su tristeza se apoyaba en mí, a la busca de abrigo después de tantas jornadas a solas con la única compañía de un *ballet* de girasoles. Si Sandra —recordarla era inevitable— creía que yo era la persona idónea para aliviar su desconsuelo, eso le daba la razón a Arieh: estaba completamente loca y su desatino la hacía creer que yo podía curar las heridas de nuestro escritor favorito. Hasta ahora Tomás Pineda no había dado la menor señal de estar interesado en hablar sobre sus poetas errantes y el peligro que corría la saga. Tampoco había mencionado a nuestra amiga en común, como si nunca hubiese existido y mi presencia en su casa se debiera a un designio divino. Simplemente un ángel extraviado que había tocado a su puerta para sentarse a hablar de jardinería, de amores perdidos y de la necesidad de reproducirse. No sería yo quien rompiera la burbuja de tan singular situación, instalada en la perplejidad que me producía redescubrir a un hombre cuyo verdadero espíritu se había camuflado en el poema épico de unos poetas errantes. ¿O acaso sería que, hasta ese preciso momento, cara a cara con Tomás Pineda, yo no había sido capaz de reconocer entre líneas las pisadas del amor herido? Sandra me lo había advertido y ahora él, desde su pena infinita, me decía lo mismo con otras palabras. "Eso se paga caro, Andrea." ¿Se refería a la incapacidad de redimirnos por medio del amor?

De manera abrupta, Pineda dio por concluida nuestra charla de sobremesa: "Ya es tarde y me gusta madrugar. Además, mañana tengo bastante trabajo por hacer. Cuando quieras le pido a

Paco, el chofer, que te lleve hasta el pueblo durante el día. Seguro que te vendrá bien un paseo". Aquel hombre un poco encorvado y prematuramente envejecido se despidió de mí con un beso en la frente. Antes de dormirme escuché el sonido de una radio encendida.

TRECE

Los días transcurrían lentamente y nuestra sosegada existencia se iba transformando en la de un matrimonio de toda la vida. Algunas mañanas Pineda me invitaba a bajar con él al pueblo, donde Paco nos dejaba en la plaza y al cabo de un par de horas nos recogía. Hacíamos la compra en un pequeño supermercado cuyos empleados lo trataban con deferencia. También frecuentaba un bar donde el dueño le ofrecía los periódicos que ojeaba sin demasiado interés mientras se tomaba un café bien cargado. Poco más hacíamos antes de regresar a la casa para preparar el almuerzo.

Jamás lo vi entrar a la oficina de correos ni visitar el locutorio para hacer llamadas de larga distancia. Paco, que era silencioso y discreto, tampoco nos subía correspondencia y hasta la casa nunca llegó un cartero. Pero yo no siempre lo acompañaba en sus paseos matinales porque a veces se marchaba antes de que me despertara. Simplemente se limitaba a dejarme notas concisas: *Llegaré para la hora de la comida.* Debía de ser cuando llamaba a Sandra y le contaba, sentado en una estrecha cabina, que seguíamos sin hablar de los asuntos que me habían traído hasta allí. Quizás ella le respondía con dureza por desobedecerla, sin poder disimular los celos que seguramente le causaba mi presencia de parásita. O tal vez Pineda le mentía y le relataba de nuestros falsos progresos con la saga de los poetas ambulantes: "Ya he comenzado la nueva entrega y he conseguido sacarlos de

Tokio después de muchas desventuras. Tenías razón, Andrea me ayuda mucho con sus ideas. Ella me da ánimo para no decepcionar a mis seguidores. A cambio, yo también la aliento como si fuera una alumna y por fin se ha puesto a escribir". Algo así debía decirle para aplacar su impaciencia. Pero, conociendo a mi ex compañera de colegio, tarde o temprano nos exigiría resultados. Querría ver folios manuscritos. Desarrollos de tramas. Sinopsis y diagramas. Cuando lo cierto era que a sus espaldas nos dedicábamos a cocinar, a dormir siestas, regar el jardín y divagar sobre el amor a la hora de la tertulia. Rara vez hacíamos referencias a libros, películas o viajes y, sobre todo, los dos evitábamos incursionar en nuestros respectivos pasados, como si estuviéramos aquejados de amnesia. En nuestras conversaciones no había nombres propios, ni calles, ni rostros reconocibles. Todo era abstracto, filosófico, teórico. De lo que fue, lo que habría sido, de lo que habría podido ser. En torno, eso sí, al bienestar sentimental, la búsqueda de la pasión, la semilla de la estabilidad. Tomás Pineda parecía atrapado en un trance de nostalgia por un periodo de su vida que se le había escapado, pero del que no era capaz de hablar abiertamente. En sus largas disertaciones sobre el valor del amor, sus cansadas facciones parecían reverdecer como las flores que regábamos cada tarde.

Con frecuencia, mi anfitrión mencionaba la cantidad de trabajo que tenía pendiente, pero en la casa reinaba el más absoluto silencio durante las horas que pasaba encerrado en su estudio. Nunca lo escuché teclear en la máquina de escribir, aunque a veces sentía el abrir y cerrar de los cajones de su escritorio. Algunas de las mañanas en las que me quedaba a solas me había atrevido a entrar, pero sobre la mesa no había rastros de cuadernos o manuscritos. Todo aparecía en orden, como si cada día Pineda borrara las huellas de lo que hacía allí adentro. En una ocasión fui más allá e intenté abrir las gavetas, pero, como era previsible, permanecían bajo llave. Junto al butacón donde solía descansar, tirados sobre el suelo reposaban poemarios de Ezra Pound, César Vallejo y Borges que, por su aspecto desgastado, se veía que releía con asiduidad.

"¿Es que no piensas ir a la playa antes de que haga demasiado frío?", me dijo una mañana especialmente soleada y hermosa. "Aprovecha el buen tiempo. No tienes que quedarte aquí encerrada conmigo." "Lo mismo te digo. Mejor acompáñame y así interrumpimos esta rutina de ancianos", le contesté con la confianza y el apego que entre los dos iba creciendo con los días. "Aquí el único que se está poniendo viejo soy yo. Tú todavía eres joven, pero pareces empeñada en echarte encima años que no te corresponden." Después de mucho insistir por fin lo convencí y cuando, como solía ocurrir diariamente, apareció Paco en su destartalada furgoneta, Pineda lo sorprendió al indicarle que nos llevara hasta la playa del pueblo. "Mejor llévenos a la Cala del Muerto. Ésa es mi preferida", les dije. "Vaya, ahora el sorprendido soy yo. Se ve que leíste una guía de la zona antes de venir", comentó riendo. Era la primera vez que Tomás Pineda sonreía abiertamente y me mostraba su blanquísima aunque imperfecta dentadura. Puro contraste con su piel amarillenta y aceitosa. "No, la conozco bien. Ya estuve aquí hace unos años. Pasamos una semana y las cuatro calles de Agua Amarga me las sé de memoria." Sin querer, se me había escapado un plural y había abierto una grieta al pasado. La memoria me había traicionado y el recuerdo de Arieh irrumpió en nuestro breve recorrido hasta la cala como la fuga de un gas incoloro, pero invasor y penetrante.

Tumbado al sol, su delgadez casi anoréxica se hacía más evidente. Sus costillas sobresalían y las piernas le bailaban en el pantalón recortado. Pero de pie, paseando por la arena y recogiendo las piedras limadas con que adornaría sus tiestos, se notaba que una vez tuvo una constitución fibrosa y robusta que había sufrido los rigores del abandono. Pineda se soltó la melena que siempre llevaba anudada en una coleta, y el pelo, grueso como la crin de un caballo, le llegaba hasta los hombros. Aunque el agua estaba fría, nadó durante largo rato mientras yo me asoleaba sobre la toalla. Cuando se acostó a mi lado parecía revitalizado por el ejercicio.

"¿Te parece que esto ha cambiado mucho desde que viniste la primera vez?" Era inevitable que me preguntara después de la indiscreción que había cometido. Había roto el pacto de fingir olvido y ahora las compuertas del pasado podían romperse provocando una tromba. Temía que al mencionar a Arieh ineludiblemente hablaríamos de Sandra. De la saga de los poetas. De mi huida de la India. Del cometido de mi visita. Estaba segura de que ese aluvión de información precipitaría mi expulsión del limbo en el que ambos nos habíamos instalado cómodamente: ese refugio de las almas que no tienen adónde ir. Eternamente en tránsito.

"Lo veo todo igual. Como si el tiempo se hubiera detenido en este rincón del mundo. Por suerte, aquí nunca pasa nada y eso se refleja en el paisaje inalterable. Aquí mismo estuve bañándome hace unos años y apuesto a que fue en este punto donde me encuentro ahora. Con la misma arena bajo mis pies." Retomé el singular con la esperanza de ahuyentar su curiosidad. "Eso contradice la noción oriental de que la vida, como el agua de los ríos, nunca pasa dos veces por el mismo lugar porque siempre está en constante movimiento. Pero sé a lo que te refieres. Es la evocación de lo que hemos vivido lo que nunca cambia porque se fosiliza en el tiempo. Las personas que recordamos se nos aparecen una y otra vez inextinguibles. Ellas no envejecen en nuestra imaginación." Tomás Pineda se había tumbado boca abajo y me hablaba ladeado y con su rostro muy pegado al mío. Podía sentir su respiración, tan ligera como el peso de su cuerpo. "Ahora que estás aquí de nuevo, ¿cómo lo recuerdas a él? Porque estoy seguro de que no viniste sola hasta este lugar paradisiaco y perdido en medio de la nada." Sentí que el dique se rompía y el océano se dividía en dos.

Desde la cala podíamos divisar a Paco, recostado sobre el coche mientras nos esperaba al borde de la carretera. Estaba acostumbrado a recogernos en torno a la hora del almuerzo, pero el día de playa se prolongó. Ninguno de los dos quería marcharse, enfrascados en una larga conversación mientras el sol nos daba de plano.

Le conté de mi estancia en Agua Amarga con Arieh. "Fueron días magníficos", le dije. Tomás Pineda escuchaba con atención, seducido por aquel relato de amor con final desdichado. Pero aquella mañana, tumbados en la Playa del Muerto, donde hacía unos años me había cansado de nadar junto al que todavía era mi marido legalmente, me limité a rememorar aquel episodio feliz de mi vida. Temía que en algún momento Pineda me llevara contra las cuerdas y me viera obligada a explicarle lo ocurrido en la India. Cuando amanecí sola en la habitación del hotel de Colaba y comprendí que mi vida con Arieh había llegado a su fin. Tal vez lo supe mucho antes, caminando con mi esposo de la mano en Falkland Road. Recién comenzaba nuestra luna de miel, cuando presentí que la ruptura era inevitable y, tal vez, secretamente deseada. Pero no se lo contaría aquella mañana, con el sol de frente. Su boca estaba tan cerca de la mía que el tono agudo de sus inflexiones parecía morir en mis labios.

"Nos quedamos en una de las casitas que alquilan en la playa de Agua Amarga, de las que están junto a la arena. Fue aquí donde llegamos a conocernos a fondo. Apenas salíamos del chalé." Me sonrojé por lo implícitamente erótico del recuerdo. A Arieh le gustaba dominarme en la cama con violencia. No le bastaba llevarme a su terreno en los actos sociales y en los viajes. Me controlaba sexualmente con la licencia que le da a un hombre pagar por los servicios de una puta. Estaba habituado a ello como cliente asiduo de los burdeles más degradantes, algo que yo no sospechaba entonces, mientras me penetraba con fuerza y yo, cegada por la vanidad del enamoramiento, me creía protagonista absoluta y única de sus desbordadas fantasías.

"Seguro que en aquel momento pensaste que ese amor duraría toda la vida. Arieh se llamaba, ¿no?" Me reconfortó que hablara de él en pasado. El retorno a la Playa del Muerto propiciaba una despedida formal y yo me sentía como una viuda a punto de arrojar al mar las cenizas de un marido difunto. "No sé si alguna vez pensé que lo nuestro sería para siempre, pero entonces sí creía que junto a él encontraría la estabilidad. Me equivoqué." No quise añadir nada más. "Tu error consistió en que desde el principio no tuviste fe en aquella relación. Ya vendrían los inevitables contratiempos y las dudas, pero la incapacidad para proyectarse en el futuro condena a muerte una historia de amor. Me atrevería a decirte que es una verdad científica." Tomás Pineda parecía dominar las reglas de la convivencia como esas autoras cuyos libros de autoayuda sentimental le habían dado tantos dividendos a Francesca. Mi inefable ex jefa y ex amante de Arieh. ¿Cómo era posible desplegar tanta sabiduría de manual y vivir completamente solo y aislado en un cerro? ¿Por qué Pineda se había empeñado en desarrollar la historia de unos atormentados poetas sin patria cuando podría haberse dedicado a escribir diáfanas historias de amor? Tuve la tentación de preguntárselo, pero preferí escucharlo platicar una vez más sobre su tema favorito. Transformado y radiante. Capaz de trascender su deteriorado físico en el efímero espejismo de un príncipe galante.

Cuando subimos de la cala hasta la autopista, el chofer dormía despanzurrado y sudoroso en el interior de la furgoneta. Habíamos pasado por alto los rituales diarios y nuestros tonificados cuerpos sabían a sal. Al llegar a la casa ambos comprobamos que el sol nos había quemado. Su semblante se había dorado y sus facciones indias resaltaban mucho más. En cuanto a mí, sería cuestión de días antes de que comenzara a despellejarme y ya sentía los primeros síntomas de una insolación. Agotados por la jornada de playa, al anochecer nos sentamos rendidos en la huerta. "Debes tener un poco de fiebre", me dijo a la vez que tocaba mi sien calenturienta. La piel me ardía y no podía pensar con claridad. Volvió de la cocina con un barreño lleno de agua y con un paño húmedo me refrescó la cara y el cuello despacio. Cerré los ojos para sentir con mayor nitidez la solidez de sus manos grandes y huesudas. A esa hora los girasoles dormían encogidos.

CATORCE

Era habitual que Tomás Pineda me dejara notas antes de marcharse a hacer recados: *No me esperes para comer. Hoy llegaré más tarde.* Sus mensajes siempre eran telegráficos. Una mañana decidí aprovechar su ausencia para limpiar a fondo la casa, pues era obvio que nadie había sacudido el polvo en largo tiempo. Abrí de par en par las ventanas del salón para airear la estancia y, armada con una fregona y un trapo, me dispuse a adecentar lo que un día había sido una luminosa casa de veraneo.

Tras haber pasado varias semanas aislada de todo, a excepción de nuestros paseos al pueblo, sentí deseos de escuchar música en la radio y voces desconocidas que me conectaran con los acontecimientos exteriores. Aunque sabía que Pineda tardaría en regresar, entré con sigilo en su estudio. Todo parecía estar igual que siempre: los libros de poemas tirados en el suelo y sobre la tabla del escritorio no había cuadernos ni papeles. Sólo una muda máquina de escribir.

Cuando estaba a punto de salir con la radio en la mano, algo me llamó la atención: de uno de los cajones de la mesa asomaba una mínima rendija. En un aparente descuido, mi anfitrión lo había dejado abierto mientras las otras dos gavetas permanecían cerradas con llave. Nerviosa, tomé asiento junto al escritorio y encendí la radio portátil. Debían ser los Cuarenta Principales, porque de inmediato escuché canciones pegadizas que debían estar de moda aunque ninguna me resultaba familiar. No me atrevía a abrir del todo el cajón, pero tampoco me levanté con la intención de no averiguar más.

Sabía que el acto de deslizar hacia fuera la gaveta tendría consecuencias impredecibles. Sin embargo, era consciente de que no se podía dilatar mucho más la ficción que Tomás Pineda y yo habíamos construido desde mi llegada. Nunca ni una palabra sobre Sandra, como dos niños desobedientes que, a la espera de un castigo ineludible, continuaban haciendo travesuras desde su escondite. Tarde o temprano pagaríamos por nuestro atrevimiento frente a los desvelos que ella había tenido por salvarnos. A él, de una desidia que podía dar al traste con su obra literaria. A mí, de una parálisis general que hasta ahora me había impedido ser algo más que una frustrada "lectora". Como pago por su entrega y perseverancia, la habíamos traicionado jugando a las casitas y platicando de minucias sentimentales como dos personajes de telenovela.

El impulso por saber fue mayor que mi instinto de supervivencia y de una vez abrí del todo aquel cofre prohibido. En un primer instante no me hizo falta rebuscar más porque del cajón salió un vago aroma de pachulí. Era tenue y tal vez imperceptible para quien no estuviera familiarizado con este aceitoso perfume, pero se había prendido a la madera del mueble a la espera, como un genio dentro de la botella, de que un incauto como yo le permitiera fugarse de su cárcel. Había dejado escapar el espíritu de Sandra y ahora sería imposible continuar simulando que no existía. Seguramente ella llevaba tiempo aguardando el menor descuido para hacerse presente de nuevo y dirigir nuestras vidas. Por fin lo había conseguido. Sólo le bastó mi imprudente curiosidad.

Tenía frente a mí un sobre sin sellar. Nerviosa, miré mi reloj. Todavía no era mediodía y Pineda no llegaría hasta primeras horas de la tarde. Aún así sentí miedo y remordimiento por la confianza que él había depositado en mí, abriéndome las puertas de su casa sin pedir nada a cambio, salvo mi compañía. No sólo había engañado a Sandra, sino que ahora hacía lo mismo con él. Mi traición era doble.

Tuve que cerrar los ojos tras ver la primera foto. Sentí que mis ojos se quemaban de añoranza al recuperarla en el tiempo. Muy parecida a como la recordaba poco antes de su marcha. Espigada, viva y endemoniadamente atractiva a pesar de no ser ni guapa ni fea. Sonreía abiertamente a la cámara y el fondo, difuso, podía ser cualquier lugar. Fui sacando poco a poco del sobre las fotografías, algunas de ellas amarillentas y con los colores desvaídos. En unas aparecía pensativa y ausente. En otras tenía expresión de alegría. Unas pocas la mostraban haciendo graciosas muecas y bromista. En una instantánea particularmente tierna, se encontraba tumbada en una cama. Dulcemente dormida.

No estaba preparada para ese inesperado reencuentro con la imagen de Sandra después de tantos años de anonimato. Me había acostumbrado a sus palabras escritas, pero el sentido de su voz y de sus facciones se había diluido en un recuerdo fantasmagórico. De ella sólo conservaba sus postales de viajera en los primeros tiempos, cuando se echó la mochila al hombro decidida a emular a los hombres de la Generación Beat. Luego desapareció para convertirse en una leyenda maldita entre las chicas del colegio y cuando resurgió en mi vida ya no era la muchacha subversiva y arrojada, sino una sombra transformada por la obra de Tomás Pineda y en busca de adeptos a la causa perdida de los siete poetas errantes.

De aquel cajón no surgió nada más que un montón de fotos sin anotaciones, dedicatorias o fechas. Todas pertenecían a los años de su juventud, cuando le dio la vuelta al mundo y coleccionó cuantos amantes fue capaz de seducir. Debieron de ser muchos porque su rostro mostraba la felicidad y la plenitud de quien se sentía deseada en cada momento. Era la Sandra segura de sí misma, resuelta y arrolladora. Tal y como la recordaba el último día de colegio, cuando se despidió de mí con la promesa de que muy pronto haríamos un viaje juntas por los Estados Unidos: “Será como un *road movie*. Te escribiré”.

Mentalmente comencé a colocar las desordenadas piezas del rompecabezas. En algún momento Sandra, cautivada por la obra de Tomás Pineda, lo contactó y comenzó a escribirle interesándose por la saga de los poetas. En vista de que él llevaba una vida recluida y huía de la fama mediática, fue ella —según mis cábalas— quien se ofreció a propagar sus libros, como en su día lo hiciera en el patio del colegio con autores que las monjas prohibían. El contenido del sobre indicaba que se esmeró en seducirlo, enviándole sus mejores instantáneas de juventud, donde aparecía inquieta, fresca y liviana. Descarté la posibilidad de que se hubiese producido un encuentro entre ambos porque no había ni una sola fotografía actual de ella. Era evidente que se negaba a dejarse ver. Su naturaleza soberbia y perfeccionista le impedía mostrar los inclementes surcos del tiempo en su rostro. Además, la circunspección y minuciosidad de sus cartas y mensajes delataban a una mujer que se había transformado en ceñuda y arisca. Despojada del irresistible encanto que, cuando joven, desarmaba a los que la conocían. Para llevar a Pineda a su terreno fue necesario inducirlo a la querencia por la mujer que un día había sido y, entre otras tácticas, recurrió a los efluvios del pachulí con la intención de abrirle el apetito por una evocación inventada. Como buena estudiosa, mi amiga era una experta en recursos literarios. Las trampas dentro de las trampas.

Debían existir cartas en las que Sandra fue tejiendo el entramado de una seducción epistolar hasta convencer a Tomás Pineda de que podía confiarle el papel de custodia de su obra literaria. Ella se encargaría de montar una red de distribución de la saga de los poetas hasta elevarlo al estatus de autor de culto. Desafiando la lejanía geográfica, era muy capaz de haber sido la instigadora entre los críticos literarios, filtrando anónimamente información difusa acerca del paradero de Pineda con el propósito de alimentar la leyenda. Sandra era la más astuta e imaginativa agente literaria, entregada desde su existencia amurallada a salvar de la postración a escritores condenados por el desánimo. Aunque era atea y descreída, tenía una fe literaria parecida a la militancia de los creyentes que bloquean la entrada de las clínicas de abortos para impedir el paso a las mujeres dispuestas a acabar con la incipiente vida de una criatura. Ella también creía en el derecho de una novela a pervivir por encima de los deseos parricidas de un escritor (pongamos Tomás Pineda), resuelto a malograr una obra o, en mi caso, rescatar el embrión de una trama que no terminaba de despuntar.

Estaba claro que debía existir una correspondencia intensa y tal vez apasionada entre Sandra y Tomás Pineda, pero los otros dos cajones de la mesa permanecían cerrados bajo llave y era improbable que el dueño de la casa volviera a cometer el descuido de dejarlos abiertos. Volví a mirar el reloj. Se había hecho tarde y en cualquier momento lo escucharía entrar con el leve revuelo de las bolsas de la compra. Con cuidado, guardé las fotografías en el sobre y lo coloqué dentro del cajón. Como en las películas de suspense, procuré que todo estuviera tal y como lo había encontrado. Debía asegurarme de que Pineda no notara nada fuera de lo habitual. Un hombre tan reservado y discreto como él se sentiría decepcionado por mi comportamiento de vulgar fisgona. De enterarse, lo creía capaz de abandonar su tono edulcorado y, por primera vez, mostrarse furioso por mi entrometimiento.

Con el ánimo agitado, me senté en el jardín para ordenar mis pensamientos. Abandonada a la contemplación de aquel reducido paraíso en el que convivían pacíficamente flores y hortalizas, por un momento recobré la paz interior que poco a poco había alcanzado desde mi llegada. Ya no podía recordar la fecha exacta. Habían transcurrido semanas. Tal vez algo más de un mes.

El tiempo se había detenido desde la madrugada en que toqué a la puerta como un ángel expulsado del cielo. "Bienvenida al limbo." El misericordioso refugio de los que no tienen dónde ir.

En el bolsillo de mi pantalón irradiaba el calor de una imagen robada. Era la foto de Sandra tumbada en una cama. Dulcemente dormida. Así quería recordar a mi amiga de la adolescencia. Presentí que mis días estaban contados en aquella casa inundada de polvo y olvido.

QUINCE

Intentaba descubrir en cada gesto de Tomás Pineda disgusto o contrariedad, pero desde el día en que salí de su estudio con una foto de Sandra que oculté debajo de mi almohada, nuestra convivencia transcurrió sin sobresalto alguno. Tal vez había elegido ignorar mi hurto para no deshacer la armonía que habíamos cimentado partiendo de la nada. O, debido a su tendencia al ensimismamiento, probablemente no se había percatado de mi intrusión y no echaba en falta la fotografía porque rara vez abría el sobre. Una hipótesis que yo sustentaba por la permanente ausencia de olor a pachulí en aquella estancia. Los cajones solían estar cerrados porque (según mis suposiciones) a esas alturas Pineda debía estar tan fatigado como yo de las exigencias y requerimientos de Sandra. Era difícil seguir el ritmo de su ímpetu y obstinación, algo que ya le sucedía en el colegio, cuando las niñas nos sentíamos abrumadas por sus incendiarias citas literarias. Como si Sandra estuviera poseída por el espíritu de los predicadores y nunca pudiera desprenderse de su tono evangelizador.

Lejos de tranquilizarme, el mutismo de Pineda ante mi indiscreción me provocaba una mayor angustia. A partir del descubrimiento de las fotos, se me hizo difícil dormir en las noches y la hora de la siesta se transformó en un verdadero suplicio, procurando descifrar desde mi habitación las lagunas de silencio que embargaban sus encierros a primeras horas de la tarde.

Si la máquina de escribir se oxidaba por el desuso, ¿qué hacía cada día mientras yo aparentaba dormitar en el cuarto contiguo? ¿Es que no sentía remordimiento alguno por haber abandonado de forma tan cruel a los poetas varados en el enjambre (des) humanizado de Tokio? ¿Acaso nunca iba a referirse a la tarea que me había llevado hasta allí para, de una vez, mencionar el hasta ahora impronunciable nombre de Sandra? En las madrugadas me formulaba mentalmente todas esas preguntas, presa de una desazón que no había sufrido desde mi estancia en la India, cuando me asaltaban las perturbadoras imágenes de Arieh en los burdeles de Falkland Road.

En mi mente no cabían más figuraciones y, como la compleja combinación del cubo de Rubik, no conseguía encajar un rompecabezas al que siempre parecía faltarle una pieza clave. Habría querido reprimir la ansiedad por saber con tal de prolongar mi estancia de *okupa* en aquel jardín de las delicias situado junto a una pendiente, pero al mirar cada noche la fotografía de Sandra me sentía deudora de su vieja amistad. Éramos rivales que competíamos por el afecto y la confianza de Tomás Pineda pero, al contemplarla plácidamente dormida en algún lugar desconocido para mí, no podía evitar reconciliarme con la muchacha que temprano en la vida me había enseñado a evadirme del desengaño cotidiano por medio de la literatura. Si no hubiera sido por ella, no habría encontrado el sosiego que inesperadamente hallé en aquella casa perdida junto a un hombre con poderes curativos para las heridas del corazón. Por eso en las noches daba vueltas en la cama. La culpa no me dejaba dormir.

Tomás Pineda debió notar el peso de mi ansiedad porque, mientras regábamos el huerto una tarde, me dijo con su habitual gentileza: "Siento que estés tan enclaustrada. Reconozco que no soy el tipo más divertido del mundo y hasta ahora no he tenido la cortesía de invitarte a salir. No me gustaría que te fueras de aquí con el recuerdo de un pésimo anfitrión, por lo que te propongo que nos quedemos unos días en la playa del pueblo. Mañana nos recogerá Paco. Ya verás, será una sorpresa". Por una parte me agradó su gesto cortés y me entusiasmó la idea de hacer algo novedoso. Mi escritor predilecto me invitaba a pasar un fin de semana fuera como si se tratara de una cita romántica. Me llevaría el vestido blanco con estampado de flores del que no pude presumir la madrugada que llegué tarde y agotada tras un largo viaje. Aunque en el sur el buen tiempo se prolongaba después del verano, las noches ya eran frescas y necesitaría una chaqueta para pasear por la playa de Agua Amarga.

Al mismo tiempo, sentí un profundo pesar porque comprendí que sus palabras eran, también, un aviso de despedida: "No me gustaría que te fueras de aquí con el recuerdo de un pésimo anfitrión". Como el casero de un inmueble, Tomás Pineda me había enviado una señal de desalojo. Mi estancia en su refugio tenía fecha de caducidad y todo indicaba que el periodo de gracia estaba por concluir. Si se trataba de una ocasión especial que anunciaba la inevitable separación, me marcharía de allí como había llegado: sin saber nada de su pasado y sin una sola clave acerca del futuro de sus personajes. Los siete poetas errantes de los que ya nadie se acordaba. Ni los críticos, cansados de indagar sobre el paradero de su autor fantasma. Ni sus lectores, decepcionados por una última entrega que nunca llegó a la imprenta. Ni yo misma, abstraída por una existencia que se asemejaba a la de una convalecencia en un hospicio junto a un tutor espiritual ajeno a cualquier pretensión literaria. Incluso el persistente silencio de Sandra podía ser un indicador de que también ella se había rendido y daba por perdida la obra de su mentor. Sobraba decir lo que pensaba de mí si ya no albergaba esperanzas de que Tomás Pineda siguiera sus recomendaciones para encaminarse de nuevo. Por mucho que despreciara a mi ex jefa, al final debió sentirse conminada a darle la razón a Francesca. Yo nunca sería una escritora. Ni tan siquiera para mujeres.

Tomás Pineda vivía muy modestamente y sus hábitos rozaban la vida de un asceta: comidas ligeras, escasa vestimenta, los muebles indispensables. No parecían interesarle las comodidades básicas y su dormitorio, donde sólo había un colchón sobre una plataforma de madera y libros amontonados en una estantería, parecía el aposento de un penitente. Quizás había logrado salir de Argentina con unos pocos ahorros y era evidente que los administraba con suma prudencia. Su único lujo y capricho eran las flores de su jardín y por aquellas criaturas gastaba lo poco que tenía en abono y fertilizantes que Paco le suministraba. Su invitación constituía toda una extravagancia impropia de un hombre como él, en apariencia indiferente a los apetitos de los sentidos. Todo apuntaba a que ese derroche era su manera de darme las gracias por haberlo acompañado temporalmente en su encierro voluntario. Había llegado el momento de hacer mi maleta y tomar el tren de vuelta. Por un instante sentí que me descomponía por dentro al pensar que aquella excursión de fin de semana representaba un adiós. Sin embargo, contrario a lo que habría imaginado, al pasar las horas sus palabras se fueron aposentando en mi interior con el efecto retardado de un sedativo. Por primera vez desde mi furtiva incursión en su estudio, aquella noche cerré los ojos sin esfuerzo alguno después de repetir el ritual de mirar el retrato de Sandra. Mansa, no me resistí a soñar y las imágenes superpuestas de mi amiga se sucedieron como si una mano invisible estuviese sacando sus fotos, una a una, del sobre. Mi antigua compañera de colegio parecía cobrar vida más allá del papel impreso y toda ella aparecía con relieve y textura. Sus labios se movían y, aunque yo no la podía escuchar, parecía querer hablarme. Nunca más había vuelto a oír su voz. Nítida en los recreos. Firme en sus disquisiciones literarias. Apasionada cuando invocaba los viajes que la sacarían más allá de las rejas del patio. Incluso, Sandra se me aparecía silente en sueños, como si, con el tiempo, su voz se hubiera ahogado en una película muda. Mucho después de que las niñas la convirtiéramos en una leyenda.

Al día siguiente me despertó un olor penetrante. El ventanal de la habitación se había abierto de par en par y, todavía confundida por la borrosa frontera de lo ilusorio y lo real, creí que la brisa marina había arrastrado hasta la casa tan peculiar perfume. Pero no era la habitual fragancia salada de las conchas y las algas, sino el dulzor de un aceite exótico. Desconcertada y sin pensarlo, corrí hasta el estudio, donde me detuve en seco en el centro de la estancia, repentinamente mareada por la violencia con que el pachulí impregnaba hasta las fisuras del suelo. Me acerqué al escritorio y, tras forzar los cajones, comprobé con frustración que todos permanecían cerrados. De pronto comprendí que había irrumpido impulsivamente y temí que Pineda hubiese presenciado mi arrebato oculto en algún rincón. Pero la casa permanecía en silencio y el único ruido que me seguía era el de mis titubeantes pasos.

Tomás Pineda no estaba, pero antes de que lo recogiera en el pueblo su fiel chofer, debió pasar largo rato en su estudio con las gavetas de su escritorio abiertas y aireando la esencia de Sandra como un ambientador hipnotizante. Desde mi llegada, era la primera vez que constataba lo que siempre había sospechado: mi antigua compañera de colegio estaba presente entre nosotros aunque no la nombrábamos y fingíamos que no existía. De manera implícita habíamos acordado simular que mi aparición había sido el producto de un accidente divino y, como todo acontecimiento milagroso, no había una razón que explicara mi presencia. Pero las huellas desparramadas de Sandra me obligaron a reconocer mi derrota frente a su calculada astucia. Debió ser ella quien, de manera subrepticia, finalmente le ordenó a Pineda que me expulsara de su reino particular. A fin de cuentas, los dos la habíamos desobedecido y era obvio que yo era la persona menos indicada para defender los intereses de los siete poetas ambulantes. Ése había sido el error con el que ella no había contado: mi clamoroso fracaso como musa de Tomás Pineda. Estaba a punto de marcharme y todas mis ilusiones de convertirme en su mejor cómplice se habían desvanecido porque no había sido capaz de arrancarle ni una confidencia sobre su obra. Lo cierto es que desde el principio había renunciado al encargo de Sandra. Sólo quería prolongar la anestesia que me proporcionaban las palabras cifradas de aquel escritor arrepentido que, como yo, parecía fugarse de su vocación literaria.

Pero Tomás Pineda (en eso también éramos iguales) no podía escapar a la férrea voluntad de Sandra. Mi intuición me indicaba que había sucumbido de nuevo, al volver a abrir los cajones en los que celosamente guardaba las pruebas del acecho al que ella lo había sometido desde que quedara deslumbrada por sus libros. Estaba segura de que, tras mi arribo a aquella casa, Pineda no se había molestado en mirar sus viejas y engañosas fotos ni en releer la correspondencia que con tanto afán debía guardar bajo llave. En el resto de los cajones —imaginaba yo— descansaban atadas y perfumadas las cartas de su fan número uno. La artífice de su fama de autor maldito. La propagandista de su obra de culto. La agente literaria con ocultos deseos de *groupie,* pero incapaz de dar el paso definitivo de presentarse en persona porque habría roto el hechizo de una falsa imagen montada sobre un *collage* de fotografías que pertenecían a una vida pasada, de cuando Sandra era joven, impetuosa y seductora. Ésa era la única explicación posible a la ausencia de instantáneas más recientes que hubieran podido revelar el enigma de su desaparición y su empeño por permanecer en el anonimato. Etérea y sin voz, como un fantasmagórico holograma.

Era más que probable que a Pineda le resultara engorroso el acoso de su admiradora, pero a ella le debía la notoriedad que había adquirido entre los críticos. Tan intensa había sido la labor de mi amiga de juventud, que hasta las revistas literarias extranjeras habían dedicado monográficos al fenómeno de los siete poetas ambulantes. Era ella quien había generado la expectativa entre sus seguidores y, precisamente por ello, de alguna forma había colocado a Pineda en la disyuntiva de continuar la saga, cuando en realidad éste tenía la intención de abandonar a sus personajes en la inhóspita intemperie de Tokio con un final impreciso y abierto que provocaría más interrogantes entre quienes escribían sesudas tesis sobre las claves y el simbolismo de sus herméticas novelas. Por mucho que mi compañía aliviara su soledad y la necesidad de sanar una vieja herida amorosa que debía tener nombre propio, pero que él desdibujaba en abstracciones, Tomás Pineda no tenía otro remedio que aceptar las condiciones impuestas por Sandra. Su deuda con ella era demasiado grande y estaba dispuesto a pagar sus favores con un breve viaje de despedida para mí que incluía una sorpresa como premio de consolación. Para armarse de valor antes de retornar a sus monólogos frente a los girasoles, debió de leer una vez más las intoxicantes cartas de mi ex compañera de colegio. Por eso aquella mañana el pachulí había barrido el olor a mar con el que solía despertarme.

DIECISÉIS

A pesar de la turbación que me había provocado comprobar la omnipresencia de Sandra, me concentré en preparar una bolsa de viaje con lo esencial para pasar unos días fuera. Procuraba alejarla de mis pensamientos, pero habría deseado comunicarme una vez más con ella para sentirme menos extraviada. Era evidente que nunca había dejado de estar en contacto con Tomás Pineda y que en el transcurso de mi hospedaje ambos habían continuado su relación a distancia. Por mucho que intenté anularla a los ojos de nuestro admirado escritor, en el fondo nunca había dejado de ser una marioneta al servicio de sus intereses y, tal vez, de los del propio Tomás Pineda. Me había presentado en esa antigua casa de veraneo por órdenes de mi amiga y ahora me marcharía, también, para cumplir con sus deseos.

Por primera vez me arrepentí de no haberla llamado o de no haber intentado conectarme con ella desde un cibercafé de alguna localidad cercana. Quién sabe si en todo ese tiempo Sandra quiso decirme algo, pero le fue imposible porque yo había cortado con ella de manera tajante. Habíamos pasado de los mensajes fluidos a un silencio abismal. Aquellas últimas semanas en Madrid nos limitamos a intercambiar información logística de fechas, horarios y rutas como preparativo de mi viaje al sur. De un día a otro nos desprendimos de la socorrida inmediatez y nunca más practicamos la gozosa esgrima de nuestras discusiones literarias. Ni siquiera volvimos a referirnos a Tomás Pineda como el objeto común de una misión de la que ella era el cerebro y yo la herramienta. Simplemente nos dedicamos a concretar detalles como dos gestores, y los latidos de nuestros corazones se fueron extinguiendo en el frío del espacio cibernético. Sin embargo, nunca había pensado que podía tratarse de un adiós definitivo, una desconexión para siempre. Hasta que ese sombrío presagio se presentó como una certeza mientras aguardaba por Tomás Pineda. De un momento a otro aparecería para llevarme de fin de semana a Agua Amarga. Aunque el pueblo estaba a pocos kilómetros de distancia, parecía mucho más distante desde el barranco que se precipitaba más allá de su amado jardín.

Después de un trayecto que no debió tomar más de media hora, nuestro discreto chofer nos dejó en una zona de la playa que de inmediato me resultó familiar. La hilera de bungalós a orillas del mar tenía el mismo aspecto que unos cuantos veranos atrás, cuando Arieh y yo alquilamos una cabaña de la que sólo salíamos para zambullirnos en el agua o contemplar los atardeceres desde la terraza que colindaba con la arena. Como todo lo que tenía que ver con aquella localidad dormida, nada había cambiado: las sombrillas y las hamacas estaban semicorroídas por el salitre y nadie se había molestado en recubrir la cal desconchada de aquellas cabañas, tal y como las habíamos dejado Arieh y yo. Cuando todavía el olor del otro nos sacudía. Entonces todo era nuevo y desconocido. Cada centímetro de nuestros cuerpos. Desparramados sobre una cama de la que no había necesidad de salir, salvo para refrescarnos en el mar o contemplar la puesta de sol desde una terraza que moría en la arena.

De nuevo pisaba aquellas reducidas parcelas, como el día que me había recostado en el mismo punto de la Cala del Muerto donde años atrás me había soleado junto a Arieh. La única diferencia notable era la ausencia de mi todavía esposo, quien había sido sustituido por la improbable compañía de Tomás Pineda. Mi presencia era también una desviación de un guión en el que faltaba Sandra. ¿Acaso no era ella quien debía estar paseando del brazo con Pineda mientras éste le contaba el final feliz que había urdido para los siete poetas antes de dejarlos morir bajo los puentes de Tokio? Pero ni ella ni Arieh estaban allí, y de la manera más natural mi anfitrión me había tomado de la mano mientras avanzábamos frente a los blancos chalés.

"El administrador me aseguró que éste es el que se encuentra en mejor estado. Sería mucha casualidad que fuera el mismo en el que te hospedaste hace años, pero son todos más o menos iguales. Pensé que te haría ilusión", me dijo tras detenerse frente a la entrada de una de las parcelas. No contesté y permanecí callada mientras él abría la puerta. "¿Deseaba revivir mi estancia con un hombre del que recientemente me había separado?", pensé. Supuse que Pineda, obsesionado con la idea de la pasión perdida, tenía intención de hacerme hablar de mi fallida relación antes de marcharme. Cansado de la trama de sus poetas errantes y desorientados, quizá se había decidido a escribir una novela de corte romántico y mi testimonio podía serle útil. Era posible que Sandra le hubiese informado de mi accidentada luna de miel en la India, pero ambos desconocían que la mentira sobre la cual estaba construido mi matrimonio se quebró una noche en un callejón de Falkland Road. A simple vista yo aparentaba ser la esposa engañada frente al marido adúltero y putañero, pero hasta Arieh era mucho más inocente que yo, ajeno a mi descubrimiento de su colección de videos pornográficos filmados en los prostíbulos más inmundos. ¿Le contaría toda la verdad a Tomás Pineda o me limitaría a relatarle una clásica ruptura amorosa como consecuencia del desengaño? "¿Por cuál de las historias habría apostado mi ex jefa teniendo en mente un éxito de ventas?", me pregunté mientras Pineda inspeccionaba el interior de la vivienda con entusiasmo infantil. Una tenía características degradantes y los motivos de sus protagonistas eran turbios. La otra, en cambio, giraba en torno al desencanto sentimental y los personajes tenían posibilidades de redención. Sin dudarlo, Francesca habría elegido la segunda versión porque conocía bien a sus lectoras y ninguna de ellas se enfrascaba en la lectura de una novela a bordo de un autobús repleto y de camino a un aburrido trabajo si no era para soñar que en otra parte los amores tenían finales felices.

Tal y como lo recordaba, en el bungaló sólo había un dormitorio cuyo ventanal tenía vistas a la playa. Tomás Pineda había depositado mi bolsa en la habitación; la suya reposaba sobre la mesa de un salón de estar adornado con muebles rústicos. Aunque su casa era pequeña, las aún más reducidas dimensiones del chalé nos forzaban a un grado de intimidad al que no estábamos habituados. Con cierto embarazo, celebramos la coqueta decoración y organizamos las cuatro mudas de ropa que habíamos llevado. Durante tres días no podríamos refugiarnos cada uno en su estancia y a la hora de la siesta yo no me rompería la cabeza intentando imaginar lo que él hacía en su estudio. Nos rozábamos al desplazarnos entre los muebles y en la noche sería inevitable escuchar la respiración del otro. Yo, instalada en la mullida cama del dormitorio, y él, malamente acomodado en un sofá del que colgarían sus largas y escuálidas piernas.

Donde mejor nos hallábamos era al aire libre y esparcidos en la anchura dorada de la arena, y allí pasamos el resto del día. Aunque el agua ya estaba fría, Pineda se sumó a los pocos turistas de Europa del Norte que aprovechaban la templanza de las temperaturas para darse baños a mediados de octubre. A pesar de su delgadez y su aspecto delicado, nadaba con fuerza y sus brazadas eran largas. Yo prefería estar tumbada al sol y entre sueños repasaba los casi dos meses que llevaba allí, intentando ordenar la cronología de mi estancia, repasando los días y las semanas, y ahora parecía que me daban licencia de salida en el sanatorio. "Ya estás bien, Andrea. Lista para regresar al lugar de donde viniste", me decía una voz. "¿De verdad cree que estoy curada?", le contesté angustiada. "Lo estás y ya tienes que marcharte. Esto no era para siempre", y la voz se desvaneció cuando Pineda se tumbó a mi lado salpicándome con las gotas frescas que resbalaban de su cuerpo. "El mar está increíble. No seas cobarde y ven a bañarte conmigo", me dijo a la vez que tiró de mí y yo me dejé llevar, sorprendida por su repentino vigor. Desde que habíamos llegado a Agua Amarga, Tomás Pineda parecía haberse transformado paulatinamente en un adolescente liviano y su rostro cenizo se había alumbrado con las horas.

Al principio sentí el agua helada como agujas que pellizcaban mi piel, pero al poco tiempo mi cuerpo se desentumeció mientras me bañaba a su lado. Había muchos racimos de algas que él caballerosamente apartaba y tomándome de la mano buceamos en un banco de arena del que unos pececillos grises huyeron con nuestro chapoteo. No podría asegurarlo a ciencia cierta, pero juraría que desde ese momento Pineda ya no me soltó de la cintura y nos mecimos abrazados, dejándonos llevar por el oleaje hasta tocar la orilla.

Cuando refrescó nos sentamos en nuestra terraza y contemplamos el atardecer en silencio. No era la misma sensación que desde su huerto elevado. El olor de la sal emanaba de nosotros y allí, pegados al horizonte que delineaba el mar, los colores del cielo parecían caer directamente sobre nuestras cabezas. Desde allí los rosados y naranjas eran más intensos que desde la altura de su paraíso escondido. Poco a poco, Tomás Pineda me desenredó el pelo con un peine mientras contemplábamos la transición del día a la noche y yo podía sentir sus dedos sobre mi cuello. Una leve caricia que nada tenía que ver con el erotismo cargado de Arieh. Era otra cosa bien distinta y apenas pude contener las ganas de llorar cuando ya todo era oscuridad.

Después de preparar una cena con pescado fresco que cociné a pesar de mi poca destreza culinaria y que serví en la mesa del mirador, bien abrigados nos dispusimos a conversar como solíamos hacerlo frente a los girasoles de su huerto. Tomás Pineda no me había traído hasta ese chalé con el único propósito de mostrarse agradecido por mi compañía. Yo sabía que quería saber más acerca de Arieh, pues no sólo no le bastaba lo poco que podía haberle contado Sandra, sino que mis velados comentarios habían azuzado su curiosidad de novelista. Y yo no me marcharía sin saciar su interés porque, tal vez, mi relato le serviría de inspiración en un momento en el que los siete poetas ya no le valían de alimento creativo. Era verdad que había traicionado el espíritu misionero de mi visita, pero aún estaba a tiempo de saldar mi deuda con mi vieja amiga e incluso, si lograba su perdón, podía aspirar a recuperarla en el espacio neutral de internet.

En esta ocasión no esperé a que Pineda me hiciera preguntas sutiles hasta conducirme a la madriguera de mis recuerdos. Fui yo quien, de manera directa y mirándolo de frente, le hablé sin rodeos de la noche en que conocí a mi todavía esposo en la barra de un bar de Madrid. Le conté de la extraña impresión que me causó hacer el amor con un pelirrojo cuyo cuerpo era un campo minado de pecas. "No lo había percibido así hasta que me tocó vivirlo, pero acostarse con un pelirrojo resulta tan exótico como hacerlo con un tipo de otra raza. Son tantas sus pecas, que hasta tiene una en el ojo derecho." Tomás Pineda me hacía preguntas aquí y allá, en busca de algún detalle que a mí se me escapaba, pero me dejaba hablar de corrido y sin interrumpirme, perdido en mis ojos y absorbiendo cada una de mis palabras como un moribundo aferrado al suero que lo conecta con la vida. Aquella noche lo supo casi todo. De mi incapacidad para escribir. De la necesidad de fagocitarme que tenía mi esposo. De mi empeño en dejarme arrastrar por él para no enfrentarme a mis miedos. No escatimé pormenores acerca de su romance con mi ex jefa y a Pineda pareció fascinarle Francesca. Después de todo, tal vez acabaría siendo un importante personaje de su nuevo libro, algo totalmente diferente de aquello a lo que nos tenía acostumbrados. Una auténtica novela romántica con protagonistas bien definidos y no con siete sombras desdibujadas por un pasado infranqueable. ¿Y si al final la única persona capaz de sacarlo de aquel hoyo vital hubiese sido mi ex jefa? Qué gran error por parte de Sandra enviarme como musa cuando sólo una mujer como Francesca, identificada con su rol de animadora literaria, contaba con las armas necesarias para reconducir la trayectoria de un autor que parecía querer abandonar la literatura de culto y entregarse a la novela de masas. Un hombre que incluso podría estar dispuesto a sufrir una metamorfosis, metiéndose en mi piel para contar una malograda historia de amor que comenzó una noche en la barra de un bar de Madrid. Yo no era *Madame* Bovary, no era una mujer hundida hasta las cejas en la mediocridad, y tenía la particularidad de haber amanecido junto a la melena escarolada de un pelirrojo que estaba dispuesto a dar la vuelta al mundo con una desconocida. Había material para un relato y el olfato de Tomás Pineda no lo engañaba.

Cuando ya iba por el final de mi estancia en la India y aquella última noche en el burdel de Falkland Road del que Prem me sacó en volandas, fue Pineda quien me sugirió que entrásemos a la cabaña, pues se había hecho tarde y el aire nos cortaba la cara. Acomodados en el sofá y compartiendo una manta de lana, sobrevino la observación inevitable: "Por lo que cuentas, da la impresión de que llegaste a enamorarte de tu guía". Le había llamado más la atención mi amistad con Prem que la relación de Arieh con una prostituta púber. No lo negué pero, con la lucidez que proporciona la distancia, le aclaré que sólo se había tratado de una ilusión, producto del desamparo que sentía en Bombay. Alejada de mis cosas y de mí misma. Prem había sido mi ángel de la guarda en aquel laberinto de confusión y mis vacilaciones estuvieron a punto de desviarlo del camino de su predestinación. Encasillado y protegido por una religión, una casta y un matrimonio concertado, sus días acabarían en una pira a orillas del

Ganges y ésa era una cuestión de fe con la que yo no contaba. "Saber dónde va a morir uno es tan importante como la vida misma", me dijo Pineda dándome la razón.

"El avión de Lufthansa despegó y en mis manos llevaba un pañuelo con las iniciales bordadas de S. L. Eran de un estudiante universitario que frecuentaba el punto de reunión de muchos extranjeros como yo. Me marché de Bombay sin saber el nombre completo de aquel desconocido que cada día tecleaba furioso en el cibercafé. Siempre pensé que sufría por un amor prohibido." Así concluí mi historia y Tomás Pineda quedó satisfecho como un bebé después de una toma de leche. No había hecho falta decirle que Arieh era un aficionado a los burdeles y que aquella niña puta era una de muchas que había filmado para su colección privada. Era el lado perverso y oculto de su vocación de documentalista para National Geographic: sus videos pornográficos eran su comunión íntima con el Tercer Mundo. Pero eso nunca se lo dije a Pineda porque él, al igual que la legión de mujeres que cada día viajaban en autobús con una novela en la mano, quería escuchar un final con cabida para una salvación que parecía haber escapado en su propia vida.

"Mañana me toca a mí contarte mi historia. Te lo prometo. Pero ahora vayamos a descansar", me dijo besándome en la mejilla. Tumbada sobre la cama, al poco rato noté que su respiración se hacía más pesada. Se había quedado dormido en el sofá. Aquella noche no me molesté en cerrar la puerta del dormitorio.

DIECISIETE

Cuando desperté era casi la una del día y Pineda se encontraba leyendo en la terraza. Ya se había dado un chapuzón y su fisonomía, reposada y morena, tenía un aspecto renovado. Antes de hacerle notar mi presencia, lo observé durante unos minutos y por primera vez desde mi llegada hallé sus facciones atractivas y muy varoniles. Traía suelta la melena y su estructura afilada mostraba una elasticidad de atleta retirado. Le asentaban los baños y estar en contacto con la actividad del pueblo, adonde, aunque era temporada baja, acudían los extranjeros en busca de calas apartadas para practicar el nudismo.

"Te sienta muy bien el blanco", me dijo celebrando el vestido con el que había aparecido la noche de mi llegada y que, por la oscuridad y mi desaliño tras horas de viaje, había pasado inadvertido a sus ojos. Pero ahora, en un espléndido día de sol otoñal, el estampado de flores resaltaba con mi bronceado y su comentario cobró matices nuevos que nos situaban en un terreno hasta entonces inexplorado. "Te propongo que hoy nos vayamos al mercado y preparemos un complicadísimo arroz con mariscos que aprendí a cocinar hace muchísimos años. Esta noche yo me encargo de la cena." Hasta su voz, casi siempre rumorosa y líquida, sonaba fuerte y resuelta.

El día transcurrió en los menesteres de la compra y la elaborada limpieza de los crustáceos, yendo y viniendo de la minúscula cocina a la terraza, donde arreglé la mesa con el esmero de quien prepara una fiesta. Podía tratarse de nuestra despedida, pero su alegría contagió mi ánimo y por dentro sentía una efervescencia que durante meses había hibernado en estado mortecino.

Tomás Pineda se reveló como un experimentado chef y la cena se prolongó con un par de botellas de vino blanco helado que acompañaron aquel festín de mariscos. La noche era inusualmente cálida para esa época del año y nos permitió quedarnos en la terraza, donde nos tumbamos juntos en la hamaca. El alcohol que habíamos consumido se desprendía de nuestros cuerpos como una manta invisible que nos envolvía. "Pensaste que este día nunca llegaría, ¿verdad?", me soltó con su boca muy cerca de mi oído. El tono de su voz había recobrado el registro del susurro. A pesar del ligero mareo que me embargaba, mis sentidos se habían avivado porque sabía que, en efecto, había llegado el momento de escuchar su historia. La del escritor huidizo y tan buscado como Salinger y Pynchon. La del autor de la saga de los poetas errantes, cuyo pasado era tan impenetrable como el de sus personajes inventados. Supuse que sería inevitable la mención de nuestra amiga en común, pero lo que en ese instante (con las estrellas suspendidas sobre nuestras cabezas como un móvil encima de una cuna) me permitía mantener el balance en la oscilante hamaca era saber de una vez quién era Tomás Pineda.

En la primera parte de su relato se concentró en sus años de juventud, cuando casi todos sus amigos asistían a la universidad mientras él frecuentaba los ambientes de escritores consagrados, donde se presentaba como un disidente de los preceptos establecidos y defendía un movimiento literario impulsado por la anarquía y el rompimiento con las formas. Muy pronto otros jóvenes se sumaron a su causa visceral y crearon una revista que circulaba en cafés y garitos donde se organizaban *happenings* que solían terminar en trifulcas. "Fueron años en los que bebía como un cosaco y dormía cada noche en una casa distinta. Tenía el aura de escritor maldito que tanto gustaba a las mujeres y no me faltaban las novias y amantes. Digamos que entonces era un tipo vanidoso y pedante que me dejaba halagar por unas cuantas alabanzas de los pocos críticos que se asomaban a mis papeles." Tomás Pineda ya era conocido por sus poemas y comenzaba a experimentar con narraciones en las que la trama no era tan importante como el tono melancólico que se asomaba a abismos existencialistas. Sus primeros libros fueron publicados por editoriales marginales a pesar de que no le faltaban ofertas de las grandes empresas. "Perdí muchas y muy buenas oportunidades, pero los excesos con el alcohol y una querencia adolescente por la polémica pendenciera probablemente me hicieron malgastar la época más prolífica de mi vida. Aun así era un ídolo entre los estudiantes, y cuando arreció la dictadura mis textos sirvieron de bandera en las aulas. Aunque nunca fueron abiertamente políticos, sí eran vitalmente subversivos, algo de lo que el gobierno inmediatamente tomó nota. Si no hubiera sido por Sandra yo no estaría aquí hoy, meciéndome en una hamaca bajo una noche estrellada."

Tomás Pineda la nombró con la naturalidad de quien menciona a alguien diariamente. Como si hubiésemos hablado de ella hasta el cansancio en nuestras sobremesas y paseos. Un miembro más de la extraña familia que conformábamos. Impulsivamente me acurruqué contra él para evitar que el recuerdo de Sandra invadiera del todo el nido de nuestra tumbona. Una evocación que, contraria a todas mis suposiciones, no era relativamente nueva sino que se remontaba a un pasado lejano, cuando mi amiga se perdió al otro lado del mar. Cuando era la mujer de la foto que yo había robado del estudio de Pineda. Plácidamente dormida en un sitio lejano y desconocido para mí.

"Cuando la conocí me quedé deslumbrado por su inteligencia y por su belleza atípica. Era distinta a todas las muchachas con las que había estado y ni así fui capaz de comprender lo mucho que valía." Para entonces la voz de Tomás Pineda había pasado del susurro al lamento y por momentos se le quebraba como un puente astillado. La descripción que hizo de mi antigua compañera de colegio coincidía con el recuerdo que todavía conservaba de ella: la chica arrojada, intensa y viva. Ni guapa ni fea, pero dueña de un embrujo que sólo poseen los profetas más elocuentes. "Acababa de llegar de un largo viaje por los Estados Unidos y, por muy machista que te suene, nunca antes había conocido a una mujer que hablara de literatura con tanta propiedad. Ella misma decía que no servía para escritora, que su pasión eran los libros *per se.* Iba conmigo a los cafés y discutía apasionadamente con los intelectuales de moda, dejándolos sin argumentos. El tiempo que vivimos juntos coincidió con mi mejor racha literaria. Bebía menos y ella se encargaba de diseñarme una rutina de trabajo que me alejaba de las distracciones. En las noches corregía mis textos y era mi más dura crítica. Mi mejor obra se la debo a ella."

Pero Tomás Pineda nunca dejó de frecuentar a otras mujeres con las que se acostaba y mantenía tormentosos romances. "Sandra era la persona menos veleidosa del mundo. En la intimidad era sensual y a su modo construía un imaginativo erotismo que desplegaba en la cama pero que sobraba en su visión metódica y disciplinada de lo cotidiano. Creo que si hubiera sido sincero con ella incluso habría aceptado mis infidelidades como parte de mi naturaleza imperfecta, pero en su mente ortodoxa y racional no había espacio para el engaño y la mentira. La hice sufrir innecesariamente. Me habría bastado ser diáfano para obtener cada día su perdón, pero eso lo entendí pasado el tiempo, cuando ya era demasiado tarde y el daño estaba hecho."

El cerco se fue cerrando en torno a la *intelligentsia* y muchos intelectuales se vieron obligados a exiliarse antes de acabar perseguidos o en la lista de los Desaparecidos. Entre los nuevos valores literarios Pineda era uno de los más destacados y la policía política no tardó en señalarlo como un elemento sedicioso.

"Muchos de nuestros amigos ya se habían marchado y Sandra me insistía en que debíamos irnos del país, pero yo me había creído el papel de apóstol revolucionario entre los jóvenes y pensaba que nuestro deber era quedarnos y luchar contra la dictadura. No medí mis verdaderas fuerzas y, mucho menos, el peligro al que la exponía a ella. Tu amiga sabía muy bien que se jugaba la vida por mí, y sin embargo nunca me dijo que se moría de miedo y que prefería volver a España. Simplemente se portó como un buen soldado y se plegó a mis deseos suicidas con tal de no dejarme solo. Nos limitábamos a pasar las noches en las casas de otros hasta que a nuestros conocidos les resultó demasiado arriesgada mi presencia."

"Al final, fue ella quien me ofreció una solución que yo, una vez más creyéndome el centro del mundo, acepté anteponiendo mi obra a su seguridad personal." "Tenemos que conseguir que tú huyas del país primero y después yo me encuentro contigo. Mi contacto en la embajada española nos ayudará para que salgas con documentación falsa y, una vez fuera, viajarías a España. Lo mío será mucho más fácil porque no es a mí a quien buscan. Además, soy extranjera y eso me protege." "El plan de Sandra me pareció perfecto, pero me resistía a dejar atrás mis más recientes manuscritos. Fui yo quien propuso que ella los guardase hasta que pudieran sacarse de Argentina por valija diplomática. Era demasiado riesgoso que yo viajara con ellos."

Tomás Pineda y Sandra se despidieron una madrugada en la que Buenos Aires tembló imperceptiblemente, y el único estremecimiento que habría podido registrar la escala de Richter era el de sus palpitaciones cuando se besaron por última vez.

"Volé a Lima con un pasaporte falso y desde allí tomé otro vuelo a Madrid, donde un tío abuelo suyo me entregó un sobre con un juego de llaves. Dos días después abandoné un hostal de mala muerte situado en el centro de la ciudad y tomé un tren hasta Almería. En la estación me esperaba Paco para llevarme hasta la casa que tú conoces." Durante años, el taciturno chofer de Pineda había sido el guardés de la casa de veraneo de la familia de mi antigua compañera de colegio.

"Era hija única y sus padres, que murieron en un accidente de coche estando ella en el extranjero, le dejaron como herencia el chalé donde había pasado los veranos desde su infancia. La casa estaba semiabandonada y el jardín del que tanto me había hablado era un desierto de maleza. Desde el principio, me dediqué a restaurarlo con la intención de darle una sorpresa cuando nos reuniéramos. Angustiados por el miedo, en los últimos tiempos hablamos muchas veces de emprender una nueva vida en Agua Amarga. Yo me dedicaría a escribir y Sandra quería tener hijos."

El tiempo pasaba y Tomás Pineda no tenía noticias de mi vieja amiga. Por las escasas noticias que le llegaban de Argentina, comenzó a temer lo peor. Se había propagado el rumor de que la habían apresado en una redada masiva y al cabo de años de silencio Pineda la dio por uno más de los cientos de desaparecidos que perecieron torturados o en el fondo del mar. Para entonces, en el huerto habían florecido los girasoles y su danza en busca de la luz era el único acompañamiento que aliviaba su dolor y su culpa.

Hasta que un día Paco, el antiguo guardés de la casa, le entregó una carta cuyo perfume le rebosó las manos de recuerdos.

DIECIOCHO

Amor mío:

Lo he pensado mucho antes de dar este paso, atormentada durante estos años por la duda de si, al cabo de tanto tiempo, tenía sentido resurgir en tu vida como un fantasma cuando ya me dabas por muerta. Aunque, de algún modo, lo cierto es que pertenezco más al mundo de los difuntos que al de los vivos. Aun así, el remordimiento por ocultarte la verdad ha sido más fuerte que mi deseo de permanecer en el anonimato. Enterrada en tu memoria después de aquel beso que nos dimos con la promesa firme de reencontrarnos en la casa de Agua Amarga.

De eso hace ya tantos años que se han transformado en una eternidad. Te confieso que me cuesta recordar los detalles de tu rostro, aunque nunca he podido olvidar el roce de tu melena suelta sobre mi espalda cuando me estrechabas contra ti a la hora de dormir. Era el momento más placentero de nuestros días. Tú dormías y con el sueño todos tus demonios descansaban hasta la mañana siguiente. Eran tiempos felices a pesar de tu empeño en no quererme y alejarte de mí. Creo que tu obra de entonces es la muestra de la plenitud que ambos compartíamos.

Es comprensible que después de un silencio tan prolongado te hayas dejado de preguntar por mí porque lo lógico era suponer que, como tantos otros infelices, acabé en una fosa común o fusilada por los escuadrones de la muerte. No sabes, amor, cómo empeoraron las cosas después de tu marcha. Las redadas en las madrugadas se multiplicaron y al final era imposible confiar en nadie. Hiciste bien en salir del país cuanto antes, porque tú sí hubieses muerto en manos de esos esbirros.

Una mañana, dos tipos vestidos de civiles me abordaron en la calle cuando iba de camino a ver a mi contacto en la embajada. Por mucho que insistí en que era una ciudadana española de visita en Buenos Aires, sin decir una palabra me metieron a la fuerza en un coche y me llevaron hasta la Escuela de Mecánica de la Armada.

Los primeros días los pasé aislada en una celda y nadie aparecía. Llegué a pensar que tendrían en cuenta mi condición de extranjera y que acabarían por soltarme para no generar un conflicto con mi embajada. Perdí la noción del tiempo bajo una luz de neón que permanecía encendida a todas horas. Agotada por la tensión y el miedo acumulados, me limitaba a dormir encogida en un rincón y cuando me despertaba hacía mis necesidades en un agujero que había en el suelo.

No podría decirte cuánto transcurrió porque ya no sabía cuándo era de día o de noche. Mi reloj interno deliraba y a veces me despertaba con la sensación de que estaba en Madrid y no en una sucia y maloliente mazmorra. Soñaba con mis padres muertos y tú aparecías junto a ellos, los tres sentados en el jardín de la casa de Agua Amarga. Estabais a la sombra bajo los árboles frutales y el perro del guardés daba saltos como un loco. Yo no aparecía en aquella escena bucólica, la contemplaba desde fuera.

Cuando creía que se habían olvidado de mí, un día aparecieron dos guardias que a rastras me sacaron y a empellones me hicieron atravesar un largo corredor. Al final del recorrido había galerías en las que habían distribuido a distintos grupos de mujeres y me tocó junto a otras extranjeras que, como yo, debían de considerar subversivas. Estaban esqueléticas y no hubo otra bienvenida que el silencio y la indiferencia. Era evidente que habían sido sometidas a torturas y sus sentidos estaban abotargados por el terror y los padecimientos físicos. En otros pasillos había muchachas muy jóvenes y algunas embarazadas, pero sólo coincidíamos con ellas cuando nos sacaban para introducirnos en la "huevera", una sala de torturas cuyas paredes estaban revestidas de envases de huevos para que el cartón amortiguara nuestros gritos. En ese momento comprendí que mi aislamiento había sido la mejor parte de un proceso que prometía ser largo y duro.

En aquel salón un interrogador me obligaba a contar una y otra vez cómo y por qué había llegado a Argentina. Durante horas me hacía las mismas preguntas sobre mi círculo de amistades, mis contactos con la embajada, la gente que frecuentaba en la universidad y los locales a los que solía acudir. Al cabo de unos días en los que mis inocuas respuestas se repetían cansinamente y mi ánimo se apagaba por las largas horas en las que me obligaban a estar de pie, el interrogador dejó a un lado sus modos impasibles y se tornó violento y amenazador. Habíamos llegado al fondo de la cuestión que me había traído hasta esos nauseabundos calabozos: todo lo que tuviera que ver con tu persona, con énfasis particular en tus vínculos con los movimientos estudiantiles y los escritos tuyos que pudieran estar circulando clandestinamente.

Te costará creerlo, pero aquel tipo con el rostro cubierto se sabía de memoria nuestras entradas y salidas. Fechas señaladas en las que habíamos estado aquí o allá. Habían controlado cada uno de nuestros movimientos y tú y yo, ingenuos y sin la malicia suficiente para entender la naturaleza perversa de una dictadura, vivíamos bajo la falsa impresión de ser capaces de burlar la vigilancia, cuando la verdad era que lo sabían todo de nosotros. Hasta las veces que hacíamos el amor y nuestras broncas por tus infidelidades.

Increíblemente, la noche que te escapaste de Buenos Aires habían bajado la guardia, tal vez entretenidos con otros registros y arrestos. Ese descuido indignaba a mi interrogador, quien para entonces se había transformado en mi torturador. Fueron sesiones infinitas de picanas y descargas eléctricas en las que yo recitaba muy alto (en realidad lo hacía lanzando alaridos) los poemas infantiles que de chica había aprendido en el colegio. Ya ves, amor. Tanto renegar de las monjas y al final sus cantos y versos me sirvieron de escape y letanía cuando creía que mi cuerpo y mi mente acabarían cediendo por el inmenso dolor. No sé cómo fui capaz de callar sobre tu paradero y dónde estaban escondidos tus manuscritos, pero mi insospechada fortaleza durante aquellas interminables sesiones terminó por agotar mentalmente a mi verdugo. Aquel milico ridículamente disfrazado de nazareno en Semana Santa nunca pudo descifrar de dónde surgía mi resistencia a sus vejaciones y habría resultado inútil hablarle de mi amor y lealtad absoluta por ti, en aquel hueco donde las mujeres éramos trapos y los niños que milagrosamente nacían desaparecían en las noches antes de que sus madres recién paridas fuesen ejecutadas o arrojadas al mar desde aviones militares que eran como pájaros de la muerte, como supimos mucho después. Allí, encerradas y martilladas por los alaridos que escapaban de las cámaras de tortura, sólo éramos animales indefensos sumidos en la oscuridad.

Aunque fui violada en numerosas ocasiones por mi torturador, no sé si tuve la suerte o la desgracia de no quedar embarazada como les ocurrió a otras presas. Debes de pensar que, además, acabé por perder la cordura. Me explico: si hubiera tenido un hijo tal vez con el tiempo lo habría encontrado, como tantas familias que al cabo de los años los recuperaron tras localizarlos en países como Uruguay, donde muchos habían sido entregados a gente que buscaba adoptar bebés. La idea de saber que mi niño podía estar en alguna parte me habría dado fuerzas para ir en su busca hasta el fin del mundo. Se habría convertido en mi misión más preciada y tal vez me habría librado de tantos abismos de los que luego no he podido salir.

Ahora te estarás preguntando por qué habría querido tener un hijo con el cabrón que me ultrajó si los pude haber concebido contigo después del reencuentro en la casa de Agua Amarga que nunca se materializó. La respuesta es tan simple como cruel. Debido a las lesiones interiores que me produjeron las descargas eléctricas y los golpes, cuando conseguí salir —permíteme que haga un salto en el tiempo— me tuvieron que hacer una histerectomía y me quedé vacía por dentro. No habría chiquillos que correrían a salvo en nuestro jardín. Yo no tendría a quién contarle historias de mi infancia en aquella hermosa casa de veraneo, y tú ya no podrías dedicar tus libros a la prole que nos prometimos formar antes de nuestra despedida. Cuando pensábamos que nos merecíamos una segunda oportunidad en un lugar tranquilo y junto al mar.

Nunca sabré si mi verdugo me tomó cariño y en el fondo me admiraba. Tal vez habría querido tener una novia que estuviera dispuesta a dar la vida por él antes de traicionarlo. El tiempo pasó, y aunque sus castigos físicos nunca pudieron arrancarme información valiosa sobre ti, algo le impidió acabar de una vez conmigo. Una noche, mientras las otras mujeres de la galera dormían, un guardia que nunca había visto me despertó y me sacó en medio de la oscuridad. Sin demasiadas explicaciones, se limitó a decirme que por la mediación de un conocido mío me dejarían libre. El hombre me hizo pasar a una estancia donde había un lavabo y sobre un taburete habían colocado una muda de ropa limpia. Hacía mucho que no me aseaba en condiciones y agradecí la ausencia de un espejo. Salí a la intemperie con un vestido que me quedaba grande y un calzado que me apretaba. En la calle me esperaba una furgoneta con cristales ahumados. El vehículo dio muchas vueltas antes de llegar al centro de la ciudad y el conductor se detuvo de pronto frente a una parada de buses, donde abrió la puerta y con gesto brusco me indicó que el trayecto había terminado.

No sabía qué hora era ni en qué mes estábamos. Ni siquiera tenía la seguridad de que hubiera transcurrido un año. En ese momento comprendí que el tiempo ya no tenía importancia para mí y que se me había escapado como la arena que de niña me gustaba atrapar entre mis manos. Aquel mundo, el de los vivos, ya no me pertenecía y yo era una intrusa en medio del ruido y la bulla de los que tenían adónde ir. Deambulé durante horas por las calles hasta que el resplandor del día hirió mis ojos de murciélago. Me había acostumbrado a las tinieblas y las luces frías. La tibieza del sol me resultó insoportable porque mi piel, acorazada por las golpizas, ya no soportaba nada que evocara el contacto humano. Debo decirte que durante un largo periodo eché de menos el rincón donde cada noche me cobijaba como un perro maltratado. Ese cubil que, aunque apestara a orina y excremento, era sólo mío y de nadie más. Mi refugio último después de las palizas y la resaca del jadeo de un hombre al que nunca le vi la cara, pero pude adivinar que sus ojos eran azules como el cielo que ya no creí que volvería a ver.

Cuando mi contacto de la embajada me abrió la puerta de su casa, por su expresión, que fue de espanto contenido, ya no me hizo falta espejo alguno para comprender que, en efecto, aquella mujer que se tambaleaba en el umbral no era yo (quiero decir, la que fui), sino un espectro que venía a incordiar la paz de los que salieron indemnes del horror. Pero aquel conocido, que tuvo el coraje de interceder por mí hasta el final, me brindó una cama y se encargó de tramitarme un pasaporte para sacarme cuanto antes del país. Valiéndose de su estatus de diplomático, fue él quien desde el principio tuvo en su poder tus manuscritos, a la espera de volver a tener noticias mías para entregármelos. Al cabo de una semana me acompañó al aeropuerto y me encomendó al cuidado de la tripulación de Iberia. Antes de despedirnos, le hice jurar que nunca revelaría mi paradero, haciéndole cómplice de mi doble desaparición. La que los militares me infligieron y la que yo luego me impuse a pesar de mi liberación.

Pasé la aduana escoltada por el piloto, quien se encargó de portar en su maletín tus cuadernos. Fue tanta la amabilidad del capitán que me pasaron a la sección primera, y cuando despegó el avión una azafata que olía a lavanda me entregó tus escritos. Desde la ventanilla vi cómo la ciudad se empequeñecía y supe que nunca más regresaría a Buenos Aires y sus cafés, donde te conocí una noche de borrachera y amor. Era, según tú, la chica más inteligente y sorprendente con que te habías tropezado. Tu inesperada alma gemela. Alguien, sin embargo, a quien no habrías reconocido a su regreso a Madrid con tu obra bien apretada al regazo.

Como sabes, después de la muerte de mis padres apenas me quedaban familiares cercanos. Tras mi llegada fue mi tío abuelo quien se encargó de cuidarme. El mismo que te entregó las llaves de la casa de Agua Amarga cuando pasaste por Madrid. Un pobre hombre tan mayor y con tan mala memoria, a quien mil veces interrogué sobre vuestro breve encuentro, que él procuraba reconstruir con gran esfuerzo. Era la última persona conocida que te había visto, aunque también es verdad que desde entonces, periódicamente, Paco (siempre fiel y discreto) me ha puesto al corriente de ti bajo la promesa de mantener en secreto mi existencia y paradero. Algo que ha cumplido como el caballero que siempre ha sido, desde los tiempos en que era guardés de la casa durante los meses en los que mis padres se ausentaban hasta la llegada del verano.

Me fui recuperando poco a poco de la depauperación física y cuando me sentí con fuerzas acudí a un centro médico para someterme a una revisión. Fue allí donde me recomendaron que me hiciera una histerectomía y me trataron las enfermedades venéreas que había contraído durante mi encierro. Con menos de treinta años me vaciaron por dentro. Ya no habría más ciclo reproductivo a lo largo del mes con sus oscilaciones hormonales, lista para ser impregnada por ti en el prodigioso instante de la ovulación. La operación fue para mí devastadora. Me sentí como un gato inapetente y castrado. No te lo creerás, amor, pero al poco tiempo mi cabello oscuro se fue aclarando y una mañana amanecí blanca en canas y reseca. Definitivamente, ya nunca sería la muchacha de las fotos que te llevaste apresuradamente para no olvidarme. Como esa que tanto te gustaba y me hiciste una noche mientras dormía a pierna suelta después de haber hecho el amor como dos desesperados. Desde mi regreso, cuántas veces imaginé que (si reunía fuerzas para vencer la derrota y la tristeza) algún día sería capaz de presentarme en Agua Amarga. Pero el sufrimiento y una menopausia prematura me hicieron mayor de un día a otro. Me había marchitado por dentro y por fuera envejecía aceleradamente. Fue así como, poco a poco, las facciones de tu rostro comenzaron a desdibujarse en mi memoria y acabé por desterrarte de mis sueños. O, para ser más precisa, ya no soñé más.

Con motivo de la muerte de mi tío abuelo aproveché para huir de Madrid donde, después de tantos años fuera, había perdido el contacto con los pocos amigos de juventud que conservaba. Recordaba con mucho cariño a Andrea, la com-

pañera de colegio (de la que a veces te hablé) que iba para escritora, y a la que había prometido que llevaría conmigo en mi periplo americano. Promesa que nunca cumplí, y de quien acabé por perder la pista. Tal vez hubiese sido reconfortante volver a saber de ella, pero no habría querido que me viera en tan lamentables condiciones.

Sola y sin ninguna atadura a este mundo, decidí finalmente refugiarme en Palma de Mallorca, protegida por el aislamiento insular. Aquí comencé de cero y con una biografía inventada para no tener que dar explicaciones a nadie. Lo último que quería era inspirar lástima, como una suerte de superviviente de un campo de concentración. Que cuenten otros una tragedia que yo no puedo ni quiero rememorar, instalada desde hace mucho en el anonimato y una nueva vida apócrifa. Afortunadamente, mis padres y mi tío abuelo me dejaron una herencia que me permite vivir holgadamente y sin tener que angustiarme por la supervivencia.

Poco a poco fui saliendo del abatimiento y asimilé mi personaje construido —el de una mujer sin pasado— hasta sentirlo como propio. Pero para que una historia imaginada cobre vida ante los demás, hay que rellenarla de sustancia y hacerla creíble a los ojos de los otros. Mi nuevo "yo" no se asemejaría en nada a la que había sido. Con un nuevo físico, deslavazado y extemporáneamente añejo, había que eliminar definitivamente el impulso juvenil de la muchacha que arengaba en el colegio y en los cafés. Debía enterrar mi querencia bohemia por la literatura y las biografías de escritores malditos. Después de lo que viví durante mi encierro, el silencio y la soledad se habían convertido en mi mejor compañía y ya no soporté más las aglomeraciones y el bullicio. Por ese motivo, para alejarme cuanto antes de mis veleidades literarias y mundanas, me matriculé en la universidad a distancia para cursar estudios de matemáticas puras. Una vocación me-

nor que siempre tuve porque mi mente, cartesiana y racional, se adaptaba perfectamente a la rigidez y el dogma de las formulaciones matemáticas: otro lenguaje, tan encapsulado y seco como mi propia existencia.

Lo que ningún revés ha logrado modificar es mi fuerza de voluntad y mi constancia. Obtuve mi licenciatura con matrícula de honor en la mitad del tiempo que les toma a otros. Me destaqué lo suficiente como para sacar una oposición con sobresaliente y convertirme en profesora de matemáticas por este mismo medio, también a distancia, para no tener que lidiar directamente con el alumnado, gracias a la maravilla de internet, un artilugio que permite tener, como yo tengo, una vida virtual. El único ámbito en el que me siento cómoda con los estudiantes. Digamos que llevo una existencia discreta en un barrio de Palma que está cerca del malecón, lo que me permite dar paseos diarios que me reconcilian con la idea del paraíso perdido que para mí es la casa de Agua Amarga.

Sobra decir que sería inútil por tu parte intentar alterar el orden de las cosas. No debemos volver a vernos porque no sobreviviría a un reencuentro en el que tú no me reconocerías. Te parecerá superficial y vanidoso por mi parte, pero eso lo puedes afirmar tú desde la integridad física. Por una vez concédeme que sea yo la que imponga las pautas de nuestra relación (o lo que queda de ella), y respeta mi decisión firme de mantener esta distancia benéfica que nos permite saber del otro conservando intacta en la memoria la imagen viva de dos jóvenes enamorados. Eres escritor, por lo que te resultará fácil entender esta concesión literaria para salvar la historia del amor que un día nos profesamos. De lo contrario entraríamos en la barrena de los reproches, los resentimientos y los recuentos de un amargo episodio que ninguna pareja podría resistir sin acabar odiándose. Además, sigo siendo la mujer orgullosa que conociste y la duda de que tu afecto pudiera ser la consecuencia del agradecimiento por mi sacrificio resulta para mí más insufrible que las torturas a las que me sometieron.

Razones más que suficientes, amor mío, para que descartes venir a buscarme o pretendas que yo regrese a la casa de Agua Amarga que, por otra parte, ya considero tuya. Tengo noticias de que has salvado el jardín convirtiéndolo en un hermoso vergel. Eso me indica que, a pesar de todos los contratiempos, tú también te has reinventado a tu manera, metido a jardinero, mientras yo paso los días desentrañando ecuaciones que no requieren poesía ni sentimientos. Quién nos iba a decir que tú y yo, tan aficionados en otros tiempos a la intensa vida nocturna de los cafés y las tertulias, acabaríamos como dos cartujos, alejados de todo y encaminados por senderos dispares. Tú, en medio de un paisaje salvaje y abrupto. Yo, rodeada de un mar domesticado por la vieja elegancia de una ciudad decadente.

Aunque ya no leo novelas, te confieso que durante todo este tiempo he preguntado en las librerías por tu obra, con la esperanza de que me mostrasen el ejemplar recién publicado de la historia que tenías en mente cuando nos separamos. He leído con atención las revistas y suplementos literarios en busca de un artículo que expusiera tu trayectoria, pero mis previsiones han fallado. ¿Será posible que después de haber tenido la fortuna de sobrevivir mientras otros sucumbieron, no hayas sido capaz de sobreponerte al desánimo y la autocompasión para, de una vez, sentarte a escribir lo que tu maravillosa mente encierra? ¿Acaso lo has dejado todo en el aire a la espera de que yo apareciera desde el más allá como una musa de ultratumba? Por una vez déjame que apele a tu inevitable sentimiento de culpa y te exija, a cambio del sacrificio que para mí supuso salvaguardar tus manuscritos inéditos, que retomes tu vocación. No me hagas pensar que las inclemencias y padecimientos no valieron para nada, que fueron una inmolación inútil. Recuerda que para alguien como yo, hija de la razón, todo obedece a una lógica. Cuando te marchaste y quedamos en que era necesario proteger tu obra, lo hicimos porque creíamos en el valor de tus escritos. Tanto era así, que para muchos estudiantes éstos se convirtieron en un estandarte de libertad frente a la opresión. Si me mordí los labios hasta hacerme sangre cada vez que la picana me sacudía por dentro, era porque anteponía el triunfo de la resistencia frente a la barbarie. Para mí el compromiso no era un juego, sino una batalla en la que podíamos dejarnos la vida. Por eso no entiendo tu prolongado silencio y tu desidia. Es como un acto de traición y una afrenta a los que nos quedamos atrás en busca de respuestas y aliento cuando creíamos desfallecer. ¿Dónde quedaron tu voz y tus palabras, tan hermosamente anárquicas, irreverentes y poéticas? No me queda más remedio que invocar tu culpa para que pagues tu deuda conmigo y con las otras víctimas por medio de extraordinarias novelas que rediman el pecado de tu salvación.

Con esta carta va una caja con todos tus manuscritos acompañados del perfume de mi juventud que tanto te gustaba oler en mis muñecas y cuello. Una pizca de pachulí como homenaje a lo que dejamos atrás. Nuestros mejores años. Relee tu obra y, como Lázaro, levántate, pero escribe. Nuestro fiel y callado Paco conoce mi apartado postal y, a partir de ahora, cualquier correspondencia que me quieras mandar él se encargará de hacérmela llegar y viceversa. Recuerda que no encontrarás mejor editora a la hora de revisar tu obra. Tus libros venideros serán mi única ventana hacia fuera. El único resquicio de un pasado a cuyos funerales acudí hace ya mucho tiempo.

Tuya siempre,
Sandra

DIECINUEVE

Sin poder contener la emoción, Tomás Pineda dobló cuidadosamente la carta y la guardó de nuevo en el bolsillo de su camisa. Varias veces los sollozos lo habían obligado a interrumpir la lectura, aunque era evidente que la habría podido recitar de memoria a fuerza de haberla leído tantas veces. Pude reconocer la primorosa caligrafía de mi compañera de colegio. Era la misma letra que había trazado con esmero en las misivas que me había enviado junto a los manuscritos del hombre que ahora lloraba a mi lado como una criatura desvalida.

Antes de recuperar la compostura, Pineda permaneció largo rato con los ojos cerrados. Exhausto por el llanto y por los sentimientos que se le revolvían por dentro, cada vez que se sometía a la penitencia de rememorar un relato en el que quedaba constancia de que había sido él quien había entregado a Sandra como una ofrenda para ser sacrificada.

En el mutismo de la noche repasé mentalmente el recuento de mi vieja amiga y, a pesar de que yo también me sentía culpable por las erradas conjeturas que había hecho sobre ella, me reconfortó el hecho de que me mencionaba en la carta más importante que había escrito en su vida. Un mensaje en el que se despedía de su vida sentimental y, sobre todo, emplazaba a su antiguo amante a proseguir con su obra, planteándolo como una cuestión de honor. Y ahí, perdida en la cronología de una existencia azarosa y sufrida, me encontraba yo, la antigua compañera de colegio que iba para escritora y se había quedado como una promesa incumplida. Aferrada a una postal que era el anhelo de un viaje al otro lado del mar, donde los escritores malditos eran hombres pendencieros, bebedores y enamoradizos.

¿Cómo había sido capaz de juzgarla con tanta dureza? Todas mis suposiciones y teorías en torno a las motivaciones de Sandra no sólo habían resultado falsas, pero también mezquinas. No se trataba de una vulgar *groupie* encaprichada con un autor de culto, sino la propulsora, desde el principio, de su obra. Fue ella quien lo había apoyado en sus inicios. El guardián de sus escritos a pesar de las torturas más infames. La buena samaritana que, desde la distancia, lo arrancó de la dejadez creativa para conminarlo a continuar escribiendo. Ése era su don y el único regalo que le exigiría a Tomás Pineda en pago por una hazaña que a ella le había costado su integridad física. Por esa razón y no otra, había vuelto del mundo de los muertos: para obligarlo a ejercer la vocación que tanto la había enamorado cuando se conocieron, y no la posibilidad de recuperar la pasión o jugar con la idea de un reencuentro tardío. Eso lo había descartado para siempre. En su mente, disciplinada y programada para la abnegación, mi amiga no contemplaba un final feliz en el que su condición de mutilada la hiciera valedora del amor incondicional del enamorado arrepentido. A su juicio, ése habría sido un desenlace pensado por una mujer para consumo de otras mujeres. No era la novela que ella habría querido que Pineda le dedicara. O, en última instancia, la que ella no habría deseado que yo escribiera.

Cuando Tomás Pineda volvió en sí y abrió los ojos había vuelto a su antiguo ser. De nuevo era el hombre encorvado y consumido que me había abierto la puerta una noche de madrugada. El semblante saludable se había agrietado como una máscara despintada y su habitual color enfermizo sobresalía como una pátina imborrable. "Es difícil vivir con esta culpa. Mientras no supe nada de ella y la creía muerta me torturaba la incertidumbre. Pero cuando me llegó esta carta todo lo que yo imaginaba que había sufrido se convirtió en una realidad irrefutable. Fue como una bofetada y la confirmación de que yo había sido el responsable de su calvario. Mi engreimiento había sido más fuerte que el amor que sentía por ella. Cuando uno llega a una conclusión como ésta no hay muchos motivos para seguir viviendo."

Durante los años que dio por muerta a Sandra, Tomás Pineda no tocó la vieja máquina Remington. Escribir había sido su más grande pasión, por encima de su debilidad por las mujeres. Incluso después de conocer a mi amiga y rendirse a su inteligencia y singular belleza, siempre pensó que su compromiso con la literatura era más firme que su amor por una mujer que le había desordenado todos sus esquemas y expectativas. Pero cuando Pineda se vio solo en Agua Amarga comprendió su grave error. Exiliado y expulsado de su entorno natural, todos los rincones de aquella casa de veraneo le devolvían las imágenes de la mujer más extraordinaria que había conocido. Irrepetible y única. Comprendió (y se dio cuenta de que ya era demasiado tarde) que alguien como ella no claudicaría en una situación extrema porque, a diferencia suya, creía firmemente en el valor de la entrega. Por su rigidez, Sandra no reconocía los matices para, ante el peligro inminente, amoldarse a las circunstancias con el objeto de salvarse. Ella iría recta y sin vacilaciones hasta el cadalso en nombre de sus principios. Fue entonces cuando Tomás Pineda comprendió en toda su trágica dimensión lo irresponsable que había sido al dejar en sus manos la suerte de sus preciados manuscritos. Habría bastado con quemarlos o romperlos en pedazos. Eran sólo pilas de cuartillas que él habría podido escribir de nuevo. Historias que se podían reconstruir en la memoria. Esbozos de tramas. Poemas inconclusos. Si acaso, la semilla de una novela. Sus lectores y los estudiantes podían esperar y él, desde el destierro, habría empezado de cero como tantos artistas perseguidos. Pero la vanidad, el apego a unas frases bien hiladas y la irreflexión de su altivez lo habían convertido en un autor caprichoso y narcisista más que en un escritor maldito. "Todo eso lo procesé mentalmente aquí, sumido en la soledad más absoluta y sin las adulaciones de los críticos literarios que un día te aúpan y otro te hunden. Sandra había sido la única voz de mi conciencia y yo la había enviado a la línea de fuego a morir como un soldado obediente."

Instalado en la antigua casa de veraneo que ella había dispuesto para él, Tomás Pineda ya no pudo escribir más porque era como alimentar y premiar lo que la había condenado a una muerte segura. "Me juré que sólo volvería a acercarme a la máquina de escribir cuando ella apareciera de nuevo. Pero el tiempo pasó. Los años se fueron echando encima y después de todo lo que se supo por la prensa y los testimonios de los que sobrevivieron no me quedó más remedio que admitir que ella también había muerto. Sólo me quedó el jardín como homenaje a su amor." Porque lo que comenzó como una gozosa empresa para dar la bienvenida a Sandra acabó como una suerte de monumento luctuoso. La huerta que con tanta diligencia Pineda regaba y cuidaba cada día era el panteón particular donde había depositado la memoria de su amada. Los fertilizantes y el agua eran el abono que la mantenía viva. El ejército de girasoles era su custodio, y las flores, ofrendas que honraban su recuerdo. Sólo faltaba el cuerpo de su enamorada para completar su entierro en un camposanto camuflado bajo el aspecto de un inofensivo jardín.

"Para poder sobrevivir económicamente me dediqué a hacer traducciones del francés que, tratándose de libros de ficción, las editoriales pagan bien. Bajo el seudónimo de Félix Oquendo me convertí poco a poco en un funcionario de la literatura. Un puro gestor de palabras trasladando su significado de una lengua a otra. Fui perdiendo el fuego que de joven me consumía y mi relación con los libros se hizo marginal. Habría necesitado volver a verla para salir de mi encierro y de mi bloqueo total. Para mí seguir escribiendo era pisotearla una y otra vez inútilmente. Hasta que ya no me sentí escritor y todo aquello me pareció un juego presuntuoso de juventud. Un despropósito."

Si Tomás Pineda desempolvó su Remington fue porque recibió una correspondencia inesperada que lo forzó a retomar un oficio cuyos secretos había olvidado a propósito. "Como podrás imaginar, después de leer la carta de Sandra mi primer impulso fue ir en su busca. Aparecerme de imprevisto en Palma de Mallorca y recorrer la ciudad hasta encontrarla. De manera injusta, increpé al pobre Paco por haberme ocultado hasta entonces su paradero y él se limitó a soportar en silencio el chaparrón de reproches, resistiendo hasta el final mis embates para que me facilitara más datos sobre ella. Había sido el fiel guardés de sus padres y continuaría obedeciendo las órdenes de la hija. Desde entonces he tenido que aceptar su complicidad y en el fondo lo admiro por su lealtad perruna." Pero nunca se atrevió a dar el paso. Mientras más releía la carta, más lo inmovilizaban las palabras de una mujer que aseguraba no ser capaz de sobrevivir a un posible encuentro. Sandra, que era inflexible, soberbia y de palabra firme, no dejaba margen para los dobles sentidos. Si le había pedido encarecidamente que no barajara la idea de volver a verse es porque no había cabida para ello. Además, el propio Tomás Pineda comenzó a sentir un miedo irracional al pensar en los cambios físicos que ella le señalaba. ¿Y si en verdad no exageraba y su deterioro era tan notable que un reencuentro habría acabado por ser traumático para ambos? ¿Cuántas veces se había quedado dormido contemplando fotos en las que aparecía hermosa, fresca y seductora? Pero ¿qué aspecto tenía ahora? Tal vez su juventud había quedado atrapada dentro de la carcasa de una mujer ajada. El fenómeno de un salto en el tiempo como consecuencia de un acto suicida que él había provocado de manera inconsciente. ¿Cómo volver a hacer el amor con alguien irreconocible y vacío, esa Sandra desprovista de los atributos femeninos que en el pasado la habían hecho irresistible? Tomás Pineda temió no ser capaz de dar la talla y que su turbación pudiera confundirse con la compasión por alguien acabado. Al final no se arriesgó a viajar a Palma de Mallorca para ir en su busca. Tal vez volver a escribir era la única forma que quedaba de reencontrarla.

"Al principio me costó un mundo. Había perdido la disciplina de la escritura diaria y nada me motivaba a ello salvo el compromiso moral contraído con Sandra. Arrancar fue un suplicio y muchas cuartillas inservibles acabaron en la papelera. Había perdido mi voz, la del escritor irascible que se iba a engullir el mundo. El espíritu provocador y díscolo con que había conquistado los círculos literarios de mi ciudad natal se había apagado en mi interior. Inerte y desdichado por la pérdida definitiva de lo único que deseaba recuperar: Sandra, luminosa a pesar de la angustia, dándome el último beso de despedida. La tierra en Buenos Aires temblaba levemente bajo nuestros pies. 'Cuida del jardín en Agua Amarga porque allí criaremos a nuestros hijos' me dijo dejándome prendido en la chaqueta el aroma a pachulí que siempre emanaba de su piel."

Finalmente Tomás Pineda halló una nueva voz que se ajustaba a su presente desarbolado. Así fue como nació la saga de los siete poetas errantes dentro de un género que no era ni prosa ni poesía, sino un canto elegiaco. Siete hombres que habían aparecido en las inmediaciones de un *camping* del norte de España como siete estrellas fugadas y recién llegadas de un viaje milenario en el tiempo y el espacio. A juzgar por su aspecto depauperado y débil, habían vivido cosas extremas que les estaba vedado revelar. No fue hasta mucho tiempo después, recuperados por las atenciones de los veraneantes que se apiadaron de sus aullidos, cuando los siete poetas retomaron fuerzas para continuar su periplo por el mundo solidarizándose con los oprimidos y los que resistían a los atropellos de las dictaduras. De ahí su presencia en Europa del Este y su participación en la caída del Muro de

Berlín. Los siete poetas desterrados empapelaban las calles con *dazibaos* cuya poesía subversiva despertaba a los pueblos de la pesadilla de la represión. Algo sabían sobre la propaganda y los efectos del *agitprop,* porque en los escasos *flashbacks* que había en la saga se rememoraba un pasado legendario al otro lado del océano, cuando un ejército de adeptos se había inspirado en sus lemas para combatir el mal del absolutismo. Lo que había sorprendido a los lectores de Tomás Pineda que habían seguido con interés las dos primeras entregas fue el inesperado giro de situar a los protagonistas en Tokio, donde el carácter de su lucha dialéctica no tenía sentido en una sociedad dúctil y entregada a las nuevas tecnologías en que cada individuo era un *bit* dentro de un descomunal mecanismo informático. Por mucho que despertara simpatías entre los manganakas, no dejaba de ser una revolución meramente estética y de cómic. Eso es lo que había desconcertado a los incondicionales de este autor de culto, muy a pesar suyo.

"Te comprendo perfectamente, Andrea, y soy consciente de que llevar a los siete poetas hasta Tokio rompió con la trayectoria de la saga porque de alguna forma interrumpía un curso natural que parecía llevarlos dondequiera que hubiese conflictos. En Tokio lo más que podían enfrentar era la uniformidad de una juventud encerrada en el lenguaje de los mensajes de texto y los videos hipnotizantes de las vallas gigantes en una ciudad que nunca duerme. No había tensiones políticas visibles porque parte de la rebeldía era vivir de espaldas a los apremiantes problemas sociales, más preocupados por la vestimenta, tintes estrafalarios y novelas que los muchachos escribían y distribuían por medio de sus móviles. La revolución de los *dazibaos* resultaba anacrónica en una sociedad que se había adelantado al mundo de *Blade Runner.* Pura memorabilia de la Guerra Fría, que los manganakas decidieron adoptar solamente por su valor nostálgico y retro. A ellos, los siete poetas errantes les recordaban a los viejos samuráis. Es verdad que Tokio no era el escenario idóneo, pero hasta allí fue donde mi ánimo los llevó, incumpliendo de alguna manera el pacto que había sellado con Sandra."

Por las palabras de Pineda corroboré que mi viaje a Agua Amarga estaba relacionado con el curso que habían tomado las entregas de los siete poetas. La propia Sandra me lo había adelantado al decirme que yo era la única persona capaz de ayudar al autor de tan sugestivos textos. Algo que ambos debieron acordar y que sin embargo no se materializó, porque en el transcurso de mi estancia nunca hablamos de su obra. Habíamos conversado largas horas sobre el amor. Cada anochecer juntos regábamos la huerta. Muchas mañanas hicimos la compra en el pueblo. Compartimos una jornada de playa en la Cala del Muerto y ahora, en vísperas de lo que apuntaba a ser mi partida, parecía demasiado tarde para resolver el escollo de los siete poetas varados en Tokio, como cachalotes agonizantes en la playa. Ambos (Pineda y yo) habíamos desobedecido las instrucciones de Sandra, lo que, por su parte, constituía una traición doble, pues no tenía intención de honrar lo único que ella le había pedido a cambio de su inmolación. Al menos yo tenía la coartada de haber desconocido hasta ahora la gravedad del asunto. Ignorante todo este tiempo de lo que había padecido mi antigua compañera de colegio a lo largo de aquellos años, que en mi memoria se habían cristalizado en una instantánea de la librería City Lights, centro de reunión de los Beat. Escritores malditos, pendencieros y enamoradizos que en el patio de la escuela nos robaron los corazones.

VEINTE

"En realidad, Andrea, ni tú ni yo tenemos excusa alguna ante Sandra. Una mujer como ella se merecía que hubiésemos cumplido con nuestra palabra. Yo no debí haber acorralado a mis personajes en un callejón sin salida y tú te equivocaste al desconfiar de sus intenciones contigo. Como has podido comprobar con tus propios ojos, nunca se olvidó de ti. La impresionaste cuando tan sólo eras una chiquilla y desde entonces siempre creyó en tu potencial como escritora. Le gustaba platicarme de sus años escolares, cuando se dedicaba a alimentar la imaginación de las otras chicas hablándoles de sus escritores predilectos y de la vida que les esperaba más allá de las rejas del patio. Tú eras su discípula favorita, siempre atenta y dispuesta a devorar todo libro que caía en tus manos. Incluso me llegó a comentar sobre algunos de los escritos que le habías dejado para leer. A pesar de tu corta edad, a Sandra le impactó tu capacidad de observación y tu especial sensibilidad. 'Su mirada hambrienta era de huérfana', ésas eran sus palabras al describirte. Y no se equivocaba. Porque cuando te vi por primera vez, a pesar de la escasa luz que se desprendía de las velas, me impresionaron tus ojos, extraviados en un mar de sargazos. Te veías tan desarropada con tu maleta en mano."

Ahora era yo la que lloraba mansamente. Sandra me había llevado a bordo de su mochila y aquella postal que se cuarteó con el tiempo fue su modo de decirme que lo esperaba todo de mí como escritora. Yo había sido su discípula favorita en la última cena de nuestros recreos, la elegida para propagar su palabra. Que era la de los iluminados por el fuego, la pasión y el compromiso. Y, sin embargo, nada más desaparecer en un periplo que las niñas llegamos a catalogar de mítico, poco a poco me dejé llevar por la noria de una vida y un trabajo rutinarios, sin atreverme a salir de la norma y hacer pedazos los moldes. Tal vez la noche en que conocí a Arieh apoyada en la barra de un bar creí ver en el chispazo de su desenvoltura y el escándalo anaranjado de sus rizos la tabla de salvación que me devolvería a la otra orilla.

"Cuando Sandra regresó a España no sólo buscó mis novelas en las librerías. También preguntó por ti, segura de que en su ausencia te habías convertido en una joven promesa. De manera anónima hizo averiguaciones con antiguas alumnas del colegio hasta dar contigo en la editorial para la que colaborabas como 'lectora' de manuscritos. Por la correspondencia que hemos intercambiado desde que reapareció en mi vida, sé que su sorpresa fue grande al ver que no habías seguido lo que, a todas luces para ella, debía haber sido una brillante carrera literaria. Mayor fue su asombro al comprobar que trabajabas para una de las mayores fábricas de *best sellers* destinados al público femenino. A lo que ella, que como bien sabes puede ser muy implacable y mordaz, se refiere como una variante glorificada de las novelitas Arlequín. Te habías alejado por completo de la literatura dura y provocadora que de jovencitas las había subyugado. Aunque a su vuelta de Argentina Sandra se apartó de los libros para refugiarse en la anestesia de los números como bajo una campana neumática, nunca ha dejado de ser crítica con lo que ella llama la autocomplacencia de la literatura de consumo. Creo que esperaba de ti una novela que rompiera con el tono voluble y esotérico, falsamente mágico y premonitorio, de muchas de las autoras cuyos manuscritos te has dedicado a evaluar."

Lo que halló mi antigua compañera de colegio fue un vacío

al escribir mi nombre en Google: ni un triste relato perdido en las páginas de una revista literaria. Sólo si hubiera accedido a mi ordenador se habría encontrado diagramas, notas, apuntes, cuentos inconclusos. Proyectos de novelas interrumpidos por viajes a países lejanos y exóticos. Sinopsis abandonadas por la premura de escribir extensos informes para mi ex jefa. Cómplice de Francesca en la tarea de descubrir el último éxito de ventas a bordo de un autobús lleno de mujeres en busca de claves para alcanzar la felicidad, en medio de una montaña de manuscritos que amontonaba en mi cubículo con la frustración de que ninguno llevaba mi nombre. Hasta el día en que recibí un sobre perfumado y acompañado de la primera entrega de la saga de los siete poetas errantes. Sandra había reaparecido en mi vida y con ella el deseo de recuperar una pulsión que habitaba dentro de mí como la Bella Durmiente.

"Como parte de su nueva existencia, separada de todo y de todos, decidió rescatar nuestras almas por medio de la redención de la escritura y de paso salvarse de sus propios abismos, ocupada en tan peliaguda labor caritativa. Recuerda que Sandra, a diferencia nuestra, concibe la vida como una misión y su vocación es la de servir a los demás. A mí me obligó a salir del hueco de mi desconsuelo apelando a mi deuda moral con ella: retomar la trayectoria de mi obra. Además, me usó de anzuelo y carnada para devolverte el ímpetu literario que inexplicablemente habías perdido en algún punto de tu prometedora juventud. Todo este tiempo ha estado segura de que, de un momento a otro, arrancarías a crear con la urgencia de una cría de pájaro que rompe el cascarón. Además, fue trenzando nuestras vidas con la paciencia de quien no se ve observado por nadie. Si tú supiste de mí por mis manuscritos y por sus constantes referencias, lo mismo hizo conmigo. En sus cartas te fue colocando en un primer plano, relatando tu paulatino rescate de una grisura laboral que contrastaba con una relación sentimental en constante movimiento. Secuestrada, a su juicio, por un exotismo artificial impuesto por una pareja que te mantenía alejada de tu centro."

Sí, no había duda de que lo sabía casi todo de mí por ella. Tomás Pineda empleaba expresiones que eran suyas. Observaciones propias de mi amiga. Con sus cartas cruzadas y embriagadas de pachulí había construido su propia novela en la que ambos (Pineda y yo) éramos los protagonistas predestinados a encontrarnos en una antigua casa de veraneo a las afueras de Agua Amarga. Sólo que, como a veces ocurre con los personajes de ficción, nos habíamos escapado de sus intenciones como dos marionetas fugitivas. Por razones que yo desconocía, Tomás Pineda había condenado a muerte a sus siete poetas errantes encallados en Tokio y yo no había hecho nada por impedirlo. A Sandra la trama se le había escurrido de las manos.

"Para ella, tu viaje a la India fue un revés porque sentía que los esfuerzos que hacía por ti eran inútiles. Estaba convencida de que todo aquello te servía como justificación para no sentarte a escribir. Además, siempre tuvo la impresión de que el primer interesado en que no lo hicieras era tu esposo. Demasiado egoísta para arriesgarse a perderte una vez que comprendieras que no hacías nada de provecho en los lugares a los que él te arrastraba. Sin embargo, su urgencia porque regresaras coincidió con tu inesperada ruptura. Nunca entendió muy bien lo que te precipitó a irte de pronto y romper con tu matrimonio. No niego que se alegró cuando volvió a tener noticias tuyas desde Madrid. Además, para entonces le apremiaba contactarte. Créeme que no fue idea mía. Es más, en un principio me negué a que vinieras hasta aquí. Me pareció una locura por su parte y, por qué no admitirlo, otra de sus arbitrarias imposiciones. Una cosa era mi deuda con ella y otra bien distinta hacerte partícipe de algo que pertenecía a la intimidad de ambos. Pero a estas alturas ya sabes que no cuento con autoridad moral para enfrentarme a ella. Por eso al final cedí a su deseo."

Fue entonces cuando Tomás Pineda me reveló en su particular susurro que le habían diagnosticado una variante agresiva de leucemia y que se estaba muriendo. A partir de ese momento comenzó a escribir la tercera entrega con la idea de que sería la última. Por esa razón embarcó a los siete poetas errantes en un viaje de ida y sin retorno. Sumidos en la impersonalidad y la masificación de Tokio, acabarían por extinguirse del todo sin dar más explicaciones al lector. Tal y como había sucedido cuando aparecieron de la nada en las inmediaciones de un *camping* en Cataluña, como siete estrellas fugaces. Cuando Pineda se lo anunció a Sandra, albergó la esperanza secreta de que, conmovida por la mala noticia, levantaría la prohibición de verse. Tras comunicárselo por carta, estuvo seguro de que tarde o temprano ella se asomaría un día a la puerta de lo que había sido el paraíso de sus veraneos infantiles. Y allí, rodeados de un edén reconstruido con sus huesudas manos, ambos serían capaces de vencer los miedos y traspasar las miserias físicas para fundirse en un beso aplazado por la adversidad y el infortunio. Sería el reencuentro de dos cuerpos castigados y dos espíritus heridos, unidos por una desventura común.

"Sandra nunca se presentó y ni siquiera lo insinuó en su respuesta. Simplemente, me comunicó su intención de convencerte para que acudieras en mi ayuda. En un principio —ingenuo de mí— pensé que te quería aquí en calidad de enfermera. Pero lo que realmente pretendía era que me relevaras en la escritura de la saga y que te convirtieras en la autora de la cuarta entrega. O sea, que te erigieras como la salvadora de mis personajes en una misión humanitaria que abortara mis planes de llevármelos a la tumba como un faraón que hace enterrar junto a su cadáver a los funcionarios que más estima. Sandra no me iba a permitir tirar por la borda su amorosa promoción de mi obra porque fue ella sola quien se encargó durante todo este tiempo de propagar y publicitar mis escritos, con una destreza que no habría tenido el más avezado de los agentes literarios. Como una hormiga laboriosa, cuando llegó la era de internet sembró en los *blogs* mi leyenda de escritor maldito y fue alimentando la curiosidad de los críticos, siempre en busca de mitos inaccesibles. Ella organizó la cadena de distribución de mi primera entrega, enviando copias mimeografiadas a publicaciones estratégicas. Y era Sandra quien, de manera anónima, hacía llegar pistas a los suplementos y revistas literarias para que los reporteros especializados se pelearan por ser los primeros en captar una foto mía o conseguir una entrevista exclusiva con el autor más evasivo de la literatura contemporánea en castellano. El equivalente en español de un Thomas Pynchon o de un esquivo Salinger. Eso sí, proporcionaba datos equívocos para así preservar mi identidad y magnificar mi fama de autor de culto. Por eso cuando supo que mi propósito era morir con los siete poetas errantes, pasó por alto mi voluntad y decidió unilateralmente que tú continuarías mi trayectoria literaria. Si ésa era la única forma de que te reconciliaras con tu vocación, ella te lo impondría. A fin de cuentas, en más de una ocasión le habías manifestado que te considerabas más capaz que yo de reconducir la suerte de mis personajes. Incluso habías cuestionado que los siete poetas hubiesen conocido alguna vez la pasión, penetrando audazmente en la psicología de mis creaciones. Si te permitió llegar hasta mí, fue para que yo te entregara todas las claves y tú las fueras descifrando poco a poco en sucesivos libros, como heredera universal de nuestra malograda historia de amor."

Pero Tomás Pineda por una vez desoyó los deseos de Sandra, que para él se habían convertido en mandatos y, sin decirle nada que la pudiera contrariar, resolvió no comunicarme los planes que ella había previsto para mí. No es que dudara de mi talento potencial que, por otra parte, yo no había manifestado. Ni siquiera se había incomodado con mis sugerencias y mi hipótesis de que la ausencia de personajes femeninos en sus libros obedecía a su posible carácter misógino. Simplemente decidió poner freno a una situación sin salida en la que él nunca podría ganar el perdón de ella. Cada una de sus entregas no hacía más que alargar una condena perpetua. Pineda llegó a percibir su enfermedad terminal como una salida airosa que finalmente lo libraría de una obligación de la que no podría escapar en vida.

"Es inevitable que te preguntes por qué no te lo conté desde el principio, pero no quería que te sintieras estafada o engañada por los dos. Me consta que Sandra sólo ha querido lo mejor para ti y, es verdad que desde una perspectiva demasiado rígida, pensó que despertando en ti el deseo de emularme te llevaría de nuevo a la escritura. Pero reconozco que la novedosa idea de la reencarnación literaria habría sido a costa de tu anulación como escritora. Por mucho que hayas desarrollado una identificación con los siete poetas errantes, ésa no es tu historia. Además, ha llegado el momento de que te apartes de los prejuicios que ella tiene. Desde su torre de marfil y apartada de la realidad, Sandra puede lanzar preceptos literarios extremistas y provocadores, pero su trayectoria personal tampoco es la tuya y no debes sentirte condicionada. Eso te aprisiona y te encasilla, impidiéndote arrancar de una vez. Ella y yo hemos llegado al final del laberinto, incapaces de desandar el camino que nos hubiera reunido en un jardín que cultivé para los dos. Estamos perdidos y sentenciados por un episodio negro que ninguno de los dos logró dejar atrás. Y no seré yo quien te arrastre hasta el precipicio con nosotros. No me lo perdonaría."

Por eso Tomás Pineda se limitó a acogerme como una desamparada sin techo y, a propósito, desde el primer momento evitó cualquier conversación que desembocara en la saga de los siete poetas o en la mención de la mujer que nos había unido. Aunque el que se estaba muriendo era él, desde el principio me trató con la consideración de quien cuida a un enfermo porque sólo le bastó mirarme para comprender que había otras formas de estar condenado. A la misma vez descubrió que mi compañía aliviaba una soledad que se había multiplicado con los embates de su enfermedad y la certeza de que Sandra no se despediría de él. Durante sus encierros en el estudio se limitaba a releer obsesivamente las cartas de la única mujer que había amado verdaderamente. Eso explicaba el continuado silencio de su máquina de escribir. Cada tarde releía y volvía a guardar bajo llave la correspondencia que de ella había recibido en los últimos años. Nuestras charlas de sobremesa en el jardín eran la morfina que adormecía el dolor de su ausencia y sus románticas disquisiciones sobre el amor eran el ungüento que apagaba su resquemor interior. En las misivas que intercambiaron durante mi estancia y que Paco discretamente le entregaba, Pineda le contó a Sandra mentiras piadosas acerca de un supuesto trabajo en común en el que él me transmitía las claves de una obra que yo proseguiría después de su muerte.

"Te confieso que ella nunca me aclaró si el plan era que tú escribieras con tu verdadera identidad o si continuarías firmando con mi nombre, incluso después de mi desaparición. A fin de cuentas, nadie ha logrado dar conmigo, y la saga podía seguir publicándose sin levantar sospechas entre los críticos. Me temo que para ella lo viable era la segunda opción: que tú te convirtieras en mi 'negro' literario, recibiendo mis dictados desde el más allá. Nunca le pedí más detalles porque rechazaba de plano algo tan siniestro que te condenaba al anonimato. Además, todo este tiempo ella no ha sabido que desconocías sus propósitos. Por esa razón preferí elaborar una ficción sobre falsas conversaciones literarias en las que juntos diseñábamos el rescate de los siete poetas y buscábamos para ellos destinos más felices en los que podían proseguir sus esfuerzos por la libertad."

Me conmovió su gesto magnánimo por liberarme de las instrucciones de Sandra, incluso a costa de traicionarla. Al igual que mi ex jefa, a su manera, ella también pretendía encorsetarme dentro de un esquema literario impuesto y no sentía el menor remordimiento ni se planteaba dilemas éticos en cuanto a manejar los hilos de una vocación que no acababa de brotar. Francesca enclaustraba a las autoras holgazanas en paisajes bucólicos donde debían hallar la inspiración para una nueva novela sobre la mujer que se busca a sí misma. Y Sandra me había llevado hasta una apartada casa al borde de un acantilado para que un escritor moribundo me traspasara la sensibilidad de su debilitada vitalidad y yo me embarcara en la empresa de reinventar una literatura travestida y despojada de mi identidad, que era la de una mujer llena de dudas y a punto de regresar a Madrid, donde mi ordenador languidecía permanentemente apagado. Tal vez era cierto que Arieh nunca tuvo intención de ayudarme a salir de mi *impasse* creativo y le bastaba con retenerme como parte del decorado de sus incursiones al Tercer Mundo en busca de emociones fuertes y prohibidas que él embellecía con documentales artísticamente encuadrados. Algo a lo que me presté (por eso a Sandra no le encajaba mi abrupta separación) para ocultar mi letargo vital bajo la coartada del matrimonio nómada. Había permitido que dirigieran mi vida mi marido, mi ex jefa y mi antigua compañera de colegio con la intención de posponer cualquier decisión que pudiera nacer de mí. Con la generosidad que lo caracterizaba, Tomás Pineda me señalaba el camino para continuar a solas: sólo así me salvaría. No era coincidencia que nuestros alientos se tocaran, mecidos en una hamaca que durante toda la noche nos cobijó como un vientre materno. Ya no había motivos para demorar nuestra despedida.

VEINTIUNO

No recuerdo con precisión en qué momento nos dormimos, pero cuando abrimos los ojos, molestos por la luz del sol, la mañana había avanzado y a unos metros de la terraza ya había turistas bañándose en las aguas frías de la playa. Aturdidos por una intensa y larga noche en vela, Tomás Pineda me tomó de la mano y nos refugiamos en la penumbra de la cabaña.

Entramos abrazados a mi habitación y sin mediar palabras nos desvestimos con la naturalidad de dos hermanos incestuosos. Las manos, que se tocaban y se acariciaban, lo hacían con pausa y ternura. No era ardor ni fogaje lo que desgranaban nuestros cuerpos, sino la calidez de la protección mutua. Desnudo, Tomás Pineda era una sombra afilada y su único punto de luz emanaba del resplandor negro de su gruesa y lisa melena. Sus dedos curtidos de jardinero recorrían mi espalda con la suavidad de un afinador de instrumentos y cada uno de sus besos eran flores deshechas.

Los jadeos eran murmullos y nuestras bocas pronunciaban palabras de gratitud que no cruzaban la frontera de la pasión y el desenfreno. No recordaba haber sentido antes manos tan atentas ni caricias tan livianas, sino asaltos nocturnos que se libraban en un equilátero de reproches por vencer y reducir al otro. *Rounds* interminables con Arieh que terminaban con mi *knock out* técnico. Arrinconada al otro lado de la lona, pero aguantando hasta la campanada que anunciaba su pírrica victoria, siempre neutralizada por el golpe bajo que yo le propinaba, al resistirme a darle un hijo que habría frenado el carácter provisional de mi existencia.

Cuando Tomás Pineda me penetró, por un instante sentí que perdía la cabeza en el placer fugaz del orgasmo. Sus brazos me apretaron la nuca con una fuerza repentina que disipaba la certidumbre de su muerte próxima. Luego permanecí largo rato contemplándolo mientras dormía plácidamente a mi lado. Su respiración era honda y acompasada. Debía ser de los pocos momentos en los que estaba en paz consigo mismo, tal vez soñando con aquella Sandra joven y fresca que lo despidió con un beso una noche en que Buenos Aires temblaba con ellos. Habría sido imposible distinguir si habíamos hecho el amor a sus espaldas o gracias a ella y con su consentimiento.

Un día después abandonamos el chalé situado a orillas de la playa de Agua Amarga. Mi antigua compañera de colegio nunca habría admitido que algo más que el azar me había devuelto al mismo lugar donde (erradamente) creí haber encontrado el amor definitivo junto a Arieh. Faltaban pocas horas antes de decirle adiós a Tomás Pineda y emprender mi viaje de regreso.

"No te preocupes por Sandra. Yo le explicaré todo y ella acabará por aceptar que su plan no tenía sentido. Desde ahora sé que contamos con su perdón por no haber seguido sus dictados. No olvides que siempre fue una mujer espléndida." Eso fue lo último que me dijo antes de estrecharme fuertemente y despedirme con un beso paternal en la frente. No me acompañó hasta el coche, donde me esperaba en silencio su fiel chofer para llevarme a la estación de tren. Permaneció en el umbral de la puerta hasta que me vio alejarme por el camino de tierra.

Nunca más regresé a aquella casa cuyo frondoso jardín también tenía los días contados. Ni siquiera me sentí tentada a hacerlo cuando me enteré de su muerte por una esquela que apareció en la edición digital de un periódico almeriense. El nombre que aparecía del fallecido (un tal Félix Oquendo) era el seudónimo con el que se había ganado la vida como traductor. Fue el último guiño literario de un autor de culto.

VEINTIDÓS

El resto del invierno en Madrid se hizo duro. Me había habituado a las temperaturas benignas y los días prolongados del sur. Al principio, la vuelta a los amaneceres oscuros y a la congestión de la ciudad me provocó una añoranza aguda por la parsimonia de mi rutina diaria con Tomás Pineda. Cuando, aún confundida por el sueño, me levantaba encogida por el frío de las mañanas, mi primer impulso era buscar el sol en el jardín de Agua Amarga. Pero la realidad me sacudía con la luz de neón de la cocina y los transeúntes presurosos a unos metros de la ventana.

Echaba de menos aquella huerta en la que ambos logramos encapsularnos más allá del tiempo y los cometidos literarios que nos habían unido en el intrincado sendero de nuestros destinos. De nuevo sin interlocutores, repasaba mentalmente nuestras conversaciones como un ejercicio de memoria para no olvidar lo que había más allá del tono dulce y taciturno de sus palabras; para retener el contenido que encerraban sus disquisiciones sobre el amor extraviado. Las lecciones que me había regalado sin recurrir al solemne magisterio del escritor consagrado, sino a la voz desnuda y doliente de un pecador arrepentido. Eso era lo que extrañaba cuando mis huesos se resentían por el clima seco de Madrid.

Aunque algunas noches reviví en sueños el último día en Agua Amarga, no eran evocaciones eróticas de nuestros cuerpos fundidos en uno, sino fragmentos de la ternura de sus manos y su boca acariciándome los párpados cerrados, como un gesto de bendición antes de mi partida. No recordaba de aquel acto carnal ningún detalle propio del forcejeo del coito, sino un simple trámite físico para invocar en aquella comunión el espíritu de Sandra. Yo había sido la médium que la había conjurado a través de los neurotransmisores en flor que recorrían mi piel. Cuando los dedos y la boca de Pineda encendían mi goce, mi rostro debió confundirse con la juventud de mi vieja amiga, perennemente atrapada en la memoria de unas fotos cuyas imágenes comenzaban a borrarse. En aquella cama, que bien pudo ser la misma sobre la que Arieh me había poseído unos años antes, éramos tres enredados en un triángulo que dos germinaban. Tomás Pineda la volvió a ver en mí y yo la recuperé en el instante del placer, con la nuca suspendida y el olor a ceniza que siempre precede al éxtasis.

En la necesidad mutua de ganarnos su perdón por no haber cumplido con sus deseos de damnificada, la habíamos evocado en una sesión de espiritismo y el sexo había sido el hilo conductor. Cada gemido y cada suspiro eran bolas de cristal que se estremecían con las ráfagas de su presencia invocada. Los tres, al fin reunidos en la confusión trémula de una muchacha que se quedó fuera de un *road movie;* de un escritor que ya no podía serlo porque no le quedaba tiempo para expiar su culpa; de una mujer soñadora cuya soberbia la encerró en una isla. En la resonancia de cada beso los siete poetas sintieron las rachas del tornado que se los llevaba para siempre y los elevaba en el ojo del huracán (lugar único donde hay quietud en medio de la tormenta), por encima de los rascacielos de Tokio. Liberados al fin de la esclavitud de una existencia nómada y huérfana. Licenciados de la responsabilidad histórica de abrirles los ojos a pueblos sordos. Redimidos de crímenes que habían cometido otros. Al fin separados de su padre y su madre. Hijos del dolor y de cuentas que no podían liquidarse sino con el descanso que concede la paz definitiva.

Esotérico *ménage á trois* que no habría escapado a la sexualidad prosaica de mi todavía esposo, quien no habría dudado en meterse en la cama con espíritu incluido. Siempre dispuesto a ilustrar sus fantasías con complicadísimos cuadros en los que hombres y mujeres desfilaban en un jardín cuyas delicias eran escenas sadomasoquistas donde se repartían el dolor y el deleite a partes iguales. Yo solía ser el objeto y centro de aquellos actos denigrantes. Sobre mi persona Arieh descargaba la furia de no poder concretar sus ensoñaciones desbocadas. No le bastaban las contorsiones imposibles, la parafernalia de *sex shop* de barrio, mi sometimiento físico, las insinuaciones aberrantes al oído. Lo que había comenzado en la barra de un bar como un travieso juego con un amante pelirrojo, gradualmente se convirtió en elaboradas producciones en las que mi verdugo me humillaba a los ojos de invitados imaginarios que me compartían en orgías de *puticlub* de carretera. Cegada por el engreimiento de creer ver en su compulsión el deseo de la posesión total, durante mucho tiempo me presté a ser protagonista absoluta de sus vodeviles eróticos, aunque llegué a disociarme de aquellos teatrillos gimnásticos, con la mente ausente mientras mis muñecas se revolvían contra el acero de las esposas y mi piel enrojecía bajo azotes que podían confundirse con golpes. Sólo al final de aquellas extenuantes sesiones en las que Arieh demostraba una asombrosa resistencia física, como el animal que primero ha sido apaleado por su dueño, la recompensa era una cuota de caricias mientras él me sorbía las lágrimas con sus besos. Sólo entonces me abrazaba con fuerza para no perderme del todo en el desarreglo de nuestros sentimientos.

Mi negativa a tener descendencia azuzó sus desvaríos y alimentó su querencia por las invenciones recargadas y tortuosas. Era su modo de castigarme, despojándome de los atributos de amada para transformarme en un objeto que él rompía y componía a su antojo. Pasado el tiempo, acabaron por aburrirle y parecerle poca cosa las mismas escenas de mi subordinación. Como un vampiro sediento, quería más y pretendía llevarme hasta el límite por mi desobediencia pasiva. Durante una temporada me arrastró a clubes de *swingers,* donde, sentado en un lugar estratégico, le excitaba verme departir con otras parejas que, como él, buscaban aventuras que animaran el tedio de la convivencia. Pero, guiada por un débil instinto de supervivencia que él no pudo anular del todo, nunca me excedí más allá del flirteo, negándome a acabar en una alcoba con desconocidos y Arieh como maestro de ceremonias, en algo semejante a una película porno de bajo presupuesto y guión predecible.

Desde la noche en que lo conocí apoyados en la barra de un bar, confundí las irradiaciones de su intensidad con una historia de amor. Deslumbrada, no percibí el afán manipulador en su carácter expansivo ni sospeché la descomposición moral que ocultaban sus crespos de querubín renacentista. Eso lo supe mucho después, cuando descubrí su colección particular de videos caseros. Arieh era el semental de las niñas púberes del Tercer Mundo. Con ellas hacía realidad todo lo que yo le negaba y en los sucios aposentos de aquellos burdeles mis moretones eran anécdotas de novelas de mujeres para mujeres. Eso es lo que nunca imaginó mi ex jefa, eróticamente descafeinada por el encaje y el *boudoir.* Nada de lo que mostraban aquellas descarnadas imágenes habría podido trasladarse a la literatura que publicaba Francesca. Habría sido el fin de una industria rosa y millonaria. Los sueños fracturados de tantas mujeres que cada mañana avanzaban página a página antes de llegar a la próxima parada. Desengañadas, habrían saltado desde el autobús en marcha. Yo, en cambio, elegí casarme con Arieh después de una noche de horror y náusea frente al monitor de la televisión.

Sandra me había rescatado de una espiral que me despeñaba irremisiblemente. Había sido ella, con sus meticulosos correos electrónicos, quien, sin conocer toda mi historia, consiguió arrancarme del vicio mortal que era Arieh. Su metadona fue devolverme al paraíso perdido de los libros de nuestra adolescencia y a la semilla de mi vocación truncada; sustituyó una dependencia por otra al meterme en las venas la sangre de los siete poetas errantes: los hijos de Tomás Pineda y suyos también.

En el invierno contaminado de Madrid eché mucho de menos a mi antigua compañera de colegio y lamenté haber renegado de ella. Aunque sospechaba que también había perdido a Sandra para siempre, me propuse buscarla en la red. Era preciso contactarla de nuevo y pedirle perdón. O al menos darle las gracias por tantas cosas. Ahora su foto robada descansaba junto a la postal de la librería de Ferlinghetti. Sandra dormía en una cama. Al otro lado de la cámara Tomás Pineda había capturado la sonrisa de su sueño.

VEINTITRÉS

Mis temores se confirmaron. Durante semanas busqué a Sandra en la red y su única respuesta fue el silencio y el vacío. Recurrí a su correo electrónico para mandarle un breve mensaje pidiéndole que se conectara; que yo estaba ahí, pegada al ordenador día y noche, a la espera de una señal suya para retomar nuestra vieja amistad, tantas veces interrumpida por los acontecimientos y los tropiezos. Aunque seguramente Tomás Pineda le había pedido perdón en nombre de los dos por no haber seguido sus instrucciones, sentía que era mi deber ofrecerle una explicación por no haber evitado la desaparición de los siete poetas errantes. Ésa había sido mi misión y el motivo por el que ella me había permitido el acceso a la existencia del único hombre al que había querido. Generosa, hizo de mecenas para que, sin mayores preocupaciones ni ahogos económicos, me instalara en su antigua casa de veraneo, que ella no había vuelto a pisar por miedo a sucumbir en un reencuentro de espejos rotos. Sandra me había autorizado a que la relevara y me convirtiera en heredera de las cualidades literarias del autor más enigmático de la lengua española. Y yo, a cambio, la había decepcionado con mi egoísmo y un afán pueril de competencia. Por eso le debía disculpas, aunque Pineda lo hubiese hecho antes en nombre de ambos. Pero su rastro se había perdido en la nebulosa internet.

Le mandaba mensajes periódicos y a deshoras con la esperanza de sorprenderla en un momento de debilidad que propiciara su respuesta. Sin embargo, en ninguna de mis misivas —que sí estaban llenas de contrición y agradecimiento— mencioné la última noche con Tomás Pineda, cuyo desenlace, coincidiendo con el final de su trágico relato, devino en un acto que, aunque no fue de amor, destiló un afecto y una gratitud que nuestros poros absorbieron por medio de las caricias y los besos. Desconocía si él había llegado a decírselo, aunque la lógica me indicaba que se trataba de un dato innecesario porque no quitaba ni añadía nada al propósito (incumplido) de mi viaje a Agua Amarga. Además, conociéndola, era muy probable que ella lo hubiese contemplado como una posibilidad muy real entre dos personas llenas de carencias. Tal vez la curación de tantas heridas pasaba por el bálsamo del sexo, sobre todo para un enfermo terminal. No era desatinado pensar que en sus cálculos contemplara nuestro inevitable vínculo sentimental, como un aliciente que podría alimentar la inspiración de Pineda y dar un empujón a mi obra incipiente. Por todas esas razones estaba de más contarle lo que ella había anticipado cuando me dijo: "Sólo tú puedes salvar la obra de Tomás" y me exhortó a tomar un tren que me llevaría al sur.

Pero Sandra nunca respondió y un día comencé a recibir de vuelta mis correos electrónicos. Su dirección había sido desactivada como quien abandona una casa con premura. En el espacio sideral que conecta a millones de seres, mi vieja amiga había desaparecido de la aldea global como un meteorito fugaz en el transitado cielo de los internautas. Y, salvo las cartas perfumadas que me llegaron anudadas con los tres manuscritos de la saga de los siete poetas, no conservaba prueba de nuestras conversaciones virtuales, porque éstas habían desaparecido en el tecleo instantáneo como las palabras que se esfuman de una boca a otra. No había vuelto a escuchar su voz desde que se marchó del colegio de monjas para embarcarse en su aventura americana, y ahora todo apuntaba a que sus parlamentos no volverían a asomarse en el chat virtual porque, de nuevo, me había esquivado. Quizá por última vez.

Tan definitiva fue su huida, que Sandra ni siquiera dio señales de vida cuando supe del fallecimiento de Pineda al tropezarme con la esquela dedicada a un tal Félix Oquendo. Fueron días de inmensa melancolía al recordar nuestras charlas en el jardín y las contadas excursiones que hicimos a la playa. Es verdad que en ningún momento tuve intención de regresar a la casa de Agua Amarga en busca de piezas sueltas que habrían desentrañado tantos vacíos por descubrir de la historia del autor de los siete poetas errantes. Volver habría añadido una dimensión de vulgar biógrafa a la caza de detalles de gacetilla. Retornar me habría colocado en la categoría de quienes siempre buscaron la entrevista exclusiva con él. El perfil consabido que lo relacionara con las vidas misteriosas de Pynchon y Salinger. La foto que habría disipado las especulaciones en torno a su apariencia. Tomar el tren de vuelta y abrir de nuevo aquella antigua casa de veraneo implicaba rebuscar en los cajones que permanecían bajo llave y leer la correspondencia que Pineda y Sandra habían establecido desde que ella reapareciera tras darla él por muerta. Habría sido un acto de intromisión imperdonable en la intimidad de una relación marcada por la desgracia. Dos seres que se refugiaron en el artificio de la literatura para evitar el escalofrío de lo que se palpa y es perecedero. Sandra, aferrada a las fotos de su impúdica juventud, y Tomás Pineda, temeroso de no reconocer a aquella muchacha extraordinaria entre las ruinas de una superviviente del horror. Atrapados ambos en la historia de siete hombres vagabundos y desheredados, como sucedáneo de otra corriente subterránea: la de un amor inconcluso y con final abierto como la saga de los poetas, moribundos y perdidos en la intemperie de Tokio. No había peor ni más cruel condena para dos enamorados que la de renunciar antes de agotar el deseo y la pasión. Era mejor perecer que vivir en ese naufragio diario. No fue casualidad que Tomás Pineda se evadiera del todo en la persona de un oscuro traductor llamado Félix Oquendo y que el servidor me devolviera los mensajes que enviaba a Sandra.

Tampoco se me ocurrió viajar a Palma de Mallorca y hacer labores de detective a la búsqueda de pistas sobre su inventada vida en la isla balear. Si Pineda no había tenido el coraje de recorrer aquella elegante y decadente ciudad para dar con la única mujer que verdaderamente había amado, ¿por qué habría de hacerlo yo?

Permanecí en Madrid a pesar de la muerte de Tomás Pineda y la desaparición de Sandra. Pude haber fomentado la fama de autor de culto del primero propagando rumores y falsas noticias sobre él en los *blogs* y en el indiscriminado mundo de internet, pero elegí el silencio como señal de duelo frente a dos almas que, con suerte, acabarían por reencontrarse en el benévolo terreno de lo etéreo. A pesar del mutismo que envolvía su biografía, en un par de ocasiones me tropecé con escritos que comentaban la obra de Pineda y anunciaban de un momento a otro la continuación de una saga que se había interrumpido con las andanzas de los siete poetas en Japón. Pero el tiempo fue pasando y los periodistas especializados parecieron olvidar al autor más elusivo de la lengua castellana. Si cabe, mucho más enigmático que Pynchon y Salinger. Tanto, que ni los críticos más sagaces se dieron cuenta de que Tomás Pineda era Félix Oquendo. Y al revés.

VEINTICUATRO

Sabía que era cuestión de tiempo. Aún faltaban unas semanas antes de la fecha oficial del inicio de la primavera, pero el tramo más severo del invierno había comenzado a ceder al avance de los días luminosos y templados. Así recuerdo la mañana que contesté el teléfono y escuché la voz de Arieh por primera vez desde que huyera de nuestra abortada luna de miel. Fue una conversación breve y entrecortada, pero sin emoción. Al menos así recuerdo mi reacción cuando anunció que estaba de regreso en Madrid por unos días antes de marcharse de nuevo para iniciar un rodaje en el Caribe. "Aunque ha pasado mucho tiempo creo que te debo una explicación. Además, deberíamos arreglar nuestra situación legal", me dijo, como era habitual en él, escatimando preámbulos. Acordamos encontrarnos al día siguiente en la cafetería donde solíamos desayunar los fines de semana mientras leíamos los periódicos. Un modesto café con decoración de los años setenta situado en una plaza cercana al piso que habíamos compartido. "Salvo algunas cosas personales que puedes recoger en casa, todo lo demás lo deposité en un almacén. Mañana podremos hablar con más tranquilidad." Fue lo último que pronuncié antes de colgar.

Arieh había puntualizado que quería verme para darme una explicación y arreglar nuestra situación legal. Tenía intención de sentarse frente a mí en una de las sillas de escay rojo de la cafetería del barrio para recrear el último día en Bombay, cuando lo sorprendí en el pasillo de un burdel de Falkland Road junto a su joven amante. Mi todavía esposo creía que me debía una aclaración cuando en realidad resultaba innecesaria porque ya conocía su pulsión por las niñas del Tercer Mundo, incluso antes de casarnos. Sin embargo, acudiría a la cita dispuesta a fingir credulidad ante su versión de lo sucedido, que nada tendría que ver con el fondo de la cuestión: el hecho de que, desde el comienzo, lo nuestro había sido una fallida historia de amor, protagonizada por una mujer en busca de una muleta emocional en la que apoyarse y un atractivo pelirrojo a la caza de una presa dispuesta a dejarse aprisionar por sus encantos de hombre cosmopolita.

Arieh, siempre tan práctico y resuelto, se sentaría en una de las sillas de escay rojo de la cafetería del barrio para hablar de nuestra situación legal. Ésa era la metáfora que había empleado para reducir a papeleo de bufete de abogados nuestra festinada boda en un juzgado de Madrid, organizada por él con el entusiasmo juvenil con que emprendía todas sus iniciativas. Más ocupado en seleccionar la música de la celebración que en comprender de antemano el fracaso al que estábamos abocados. Más preocupado por ser un buen anfitrión y ultimar los detalles de la fiesta que por aceptar que, a pesar de la farsa del sometimiento en la cama, había vencido su voluntad de doblegarme con una maternidad que yo no deseaba. Faltaban unas horas antes de volver a vernos para hablar de los trámites de separación y de sus pertenencias. La mayor parte de ellas acabaron desterradas en un galpón, salvo sus objetos más personales, entre los cuales se encontraba su colección de videos pornos con niñas putas, que me había molestado en embalar con la intención de entregárselos personalmente un día de éstos. Sólo era cuestión de tiempo.

A propósito, el día de la cita llegué a la cafetería antes de la hora prevista, y cuando Arieh se asomó a la puerta me encontró sentada en el mismo apartado donde solíamos pasar las horas muertas de nuestros fines de semana. No hice ademán de ponerme en pie para saludarlo, por lo que él se inclinó y me besó en la mejilla. Estaba más delgado y sus rizos se habían encogido con un corte drástico que le daba un aire más maduro. "Estás muy guapa y distinta", recuerdo que fue lo primero que me dijo. "Te llamé muchas veces y hasta le escribí a Francesca preguntándole por ti pensando que habías vuelto a trabajar con ella, pero nunca me contestó." Recuerdo que le conté muy vagamente que había estado unos meses fuera de Madrid y que por la editorial ni siquiera había ido. Habría resultado superfluo decirle que una mañana había espiado a mi ex jefa a la salida de la oficina y que no me molesté en confrontarla a pesar de haberme enterado por ella misma de que habían sido amantes.

"Cuando te fuiste de Bombay me quedé muy mal. Estuve mucho tiempo a la deriva y sin saber qué hacer. Sé que no tengo perdón por lo que sucedió aquel día en Falkland Road, pero no es como tú te imaginas. Esas niñas no tienen a nadie y uno acaba sintiéndose como un padre para ellas. Es algo que se repite en todos los viajes y es imposible mantenerse al margen de la situación que viven. Cuando vas a rodar en medio de la miseria y te encuentras con esas chicas explotadas, quieres ayudarlas y acabas por identificarte con ellas. Lo de Bombay fue una equivocación, algo que no debí permitir, pero no me dejaste que te explicara nada. No busco justificarme, pero tú sabes que cualquier hombre puede caer en una trampa así. Nunca me había pasado algo parecido. Después de meditarlo mucho, creo que me influyó verme casado de pronto, y que ya no era todo lo libre que siempre había sido. Fui un imbécil y te pido perdón por el daño que te hice."

Recuerdo que lo dejé hablar sin interrumpirlo, observando cómo se perdía en la madeja de sus elaboradas mentiras. Una vez más, Arieh el fabulador se inventaba un personaje lleno de defectos pero bondadoso y afectado por la pobreza que encontraba en sus viajes. Solidario con las muchachitas cuyas familias las vendían a los proxenetas y las brindaban a los extranjeros.

El cineasta cuyo ojo artístico plasmaba en cada uno de sus fotogramas la orfandad y desesperanza de estas mujeres condenadas a ser carne de camastro. Arieh ya no era capaz de discernir el bien del mal, o quizá nunca lo había hecho, pero aquella tarde, con el fondo del escay rojo, a medida que fabricaba una historia en la que se erigía como salvador de las putas adolescentes del Tercer Mundo, se me hizo más evidente que había cruzado la frontera de quien ya no distingue lo real de lo inventado. Recuerdo que me limité a asentir levemente con la cabeza, un gesto ambiguo en el que él creyó ver comprensión por mi parte. Me resultaba fascinante escuchar sus teorías, revestidas de barata justicia social con el fin de ocultar la podredumbre de unas acciones de las que existía un comprometedor testimonio gráfico que él mismo se había encargado de filmar con minuciosidad.

En algún momento de su largo parlamento debió sorprenderle mi silencio y una inercia que no provocaba interrupciones a su monólogo. "¿Es que no tienes nada que decir?", me preguntó inquieto. "No, sigue, que yo te escucho", recuerdo que fue mi respuesta. Y Arieh, que estaba acostumbrado a nuestras sesiones pavlovianas de reproches, peloteras y reconciliaciones violentas, se sintió desarmado y a la intemperie frente a mi serena pasividad. Desconcertado y sin guión, continuó hablando sobre el inevitable compromiso que en sus viajes había contraído con el dolor del Tercer Mundo y llegó a reprochar mi insensible visión de turista frívola cuando me había llevado con él a los lugares más olvidados del planeta. Recuerdo que me limitaba a mirarlo a los ojos, buscando más allá de sus pupilas marrón claro los motivos que un día me resultaron suficientes para enamorarme de él. Debieron ser aquella fecunda elocuencia y una ilimitada capacidad para la fantasía lo que me atrajo. Un hombre que, nada más conocerme, me propuso llevarme a los confines más alejados. Una propuesta engañosa pero definitivamente seductora. El cebo perfecto para una víctima propicia.

Recuerdo que, agotado por sus propias palabras, Arieh calló al notar que sus argumentos comenzaban a ser circulares y la falta de interlocutor le cerraba avenidas dialécticas a su discurso. Aprovechando la pausa, me limité a decirle: "Bien, hablemos de los trámites de separación", sin darle oportunidad a retomar la falsa historia de su infidelidad como consecuencia de un ataque de incertidumbre vital. Mi todavía esposo se mostraba desencajado al verse desprovisto de su técnica de contraataque, porque ya no tenía enfrente a una contrincante dispuesta a pelear hasta el último *round* en el cuadrilátero de sus diferencias. Contra el rojo del escay años setenta parecía un boxeador desconcertado por la ausencia de *jabs,* bailando solo en la lona, mientras tiraba golpes al aire. Al final no le quedó más remedio que descender a las pequeñeces del aspecto legal y discutir menudencias como los gastos de abogados y los trámites.

Recuerdo que Arieh no se regodeó en la nostalgia ni buscó subterfugios para recuperar el amor que una vez habíamos creído sentir por el otro. Se había sentado frente a mí en la silla de escay rojo para hablar a favor de su cruzada por las niñas putas del subdesarrollo. No había acudido a la cita para defender nuestro insalvable matrimonio ni para confesarme su amor a pesar del daño que me había infligido. Como había supuesto cuando dejó de sonar el teléfono en las madrugadas tras mi llegada a Madrid después de huir de Bombay, mi marido no había tardado en descartarme de su vida como un desecho. Era enemigo de los atolladeros que lo anclaban y le impedían avanzar en el designio de sus caprichos. Yo había quedado atrás como una vieja canción de los Pretenders pasada de moda.

Aclarados los escollos legales, nada nos detenía en el escenario de aquella cafetería donde pasamos tantas mañanas de ocio leyendo revistas. "Acompáñame hasta la casa y así te llevas algunas de las cosas que te he guardado", le dije sin más. Caballeroso, Arieh aguardó de pie a que yo me levantara de la silla y fue la primera vez que me vio de cuerpo entero desde que nos tropezamos por última vez en el pasillo de un burdel en Falkland Road. Desde su llegada al café sólo me había contemplado en un plano medio que abarcaba mi rostro y algo del pecho, apoyada contra la mesa que nos separaba. Mi todavía esposo no pudo contener las lágrimas al descubrir mis redondeces, ya evidentes, en el cuarto mes de embarazo. Aunque apenas había engordado, el vestido ligeramente holgado marcaba la curva de mi vientre.

Recuerdo que en el breve recorrido hasta mi edificio Arieh permaneció en silencio y caminaba a mi lado como una sombra arrugada. Intuí que no podía mediar palabra porque sólo le habrían brotado sollozos al verse derrotado en la batalla de sus deseos contra mi resistencia a darle un hijo que me habría atado para siempre a su voluntad. A pesar de que lo invité a pasar al salón, todavía sacudido por el *shock,* insistió en esperarme en el vestíbulo. Tardé unos minutos en aparecer con un saco y una caja de cartón sellada. "Me tomé el trabajo de apartar algunos documentos y papeles que te he metido en la bolsa. En la caja guardé tus cosas más íntimas", le dije con la seguridad de que sería la última vez que estaríamos tan cerca el uno del otro. Me fijé bien en el color azafrán de aquellos escarolados rizos que se habían abreviado con un drástico corte de pelo.

Cargando la caja y descompuesto, en el umbral de la puerta Arieh no pudo evitar humillarse en su afán por saber más. "Perdona que te pregunte, pero ¿quién es el padre?" Su voz vacilaba. "Un perfecto desconocido", le respondí antes de desearle lo mejor.

Recuerdo que, apoyada en la ventana, lo vi alejarse calle abajo y poco después detuvo un taxi que se lo llevó de mi vida para siempre. De pronto me sentí fatigada. Aunque faltaban algo más de cinco meses para el parto, comenzaba a notar la pesadez de la criatura que crecía día a día dentro de mí. Arieh me había encontrado más guapa y distinta. Lo cierto es que el embarazo me había sentado bien y ya no era la misma persona que él había conocido una noche de borrachera en un bar de Madrid, pero habría sido inútil contarle acerca de mi estancia en Agua Amarga y la última noche junto a Tomás Pineda. Cuando al amanecer hicimos el amor como dos hermanos incestuosos y de la gratitud mutua engendramos un hijo que tampoco jugaría en aquel jardín condenado a una soledad sin niños.

Arieh ya debía estar en camino de su próximo proyecto en una isla pobre del Caribe, donde aguardaban por él las niñas condenadas que sueñan con un benefactor que las rescate de un destino fatal. Al otro lado de la cámara alguien filma con grano abierto y desvanecido unos jadeos que se confunden con los ahogos del estertor.

VEINTICINCO

Quizá porque no me había planteado tener hijos, tardé en interpretar la falta de menstruación y la sensación de turgencia en los pechos como síntomas inequívocos de que estaba embarazada. Nunca antes había imaginado que mi cuerpo pudiese ser un cuenco hospitalario que albergara el resuello de una criatura. Por eso tardé en descifrar unos cambios que al principio confundí con desarreglos de salud. Decidí acudir a la ginecóloga y fui la primera sorprendida cuando, tras practicarme un tacto, me confirmó la gestación y me dio la enhorabuena por mi buen estado físico. Aquella inesperada noticia coincidió con la llegada del invierno.

Mi reacción no fue de rechazo ni de pánico, sino de total aceptación ante un hecho que, en el fondo, resultaba natural en el curso de una historia cuyo rumbo se había desviado la noche en que huí de Bombay precipitadamente. A partir de la ruptura con mi pasado, el viaje en tren a Agua Amarga encajó como una pieza bien engrasada que sin trauma se colocó en el rompecabezas diseñado por Sandra. Mirando atrás, no era extraño que de aquella última noche con Pineda, que culminó en una mañana de agradecido amor, surgiera la semilla de un hijo. Inevitable consecuencia de todas las coincidencias unidas y reencontradas en el azar de la vida.

El azar, cuya definición en los diccionarios es la de "suceso impredecible por ser fruto de una coincidencia fortuita de series causales diversas". Sandra, que había sido víctima de las más horripilantes casualidades que la condujeron hasta la oscuridad de una mazmorra, tras su salvación se había refugiado en la ortodoxia de las matemáticas. Escudada en las irrefutables ecuaciones de los números y sus inalterables resultados, desde su nueva y falseada existencia insular negó la validez de las eventualidades como efecto de los actos imprevistos, convirtiéndose en autoritaria titiritera de quienes, como Pineda y yo, se dejaban arrastrar por el curso de la corriente. Desde su escondite mallorquín quiso construir un destino sin albur y sin hado para no dar cabida a sucesos accidentales que (como le ocurrió a ella el día en que se la llevaron presa en una calle de Buenos Aires) torciesen el fin de un plan perfectamente trazado. Sin agujeros ni brechas que pudieran apartarnos (a Pineda y a mí) de la doble misión de continuar su obra y comenzar la mía.

El azar. Mi vientre aumentó poco a poco dando alimento y cobijo a un hijo que deseé con todas mis fuerzas desde el momento en que la ginecóloga me dio la enhorabuena. A medida que mi bebé crecía, mayor era mi certeza de que el gran error de Sandra y Tomás Pineda fue el de no dejarse llevar por el azar. Atrapados en unos rígidos conceptos literarios y por miedo (sobre todo ella) a devaluar su historia con giros predecibles, no se atrevieron a dar el paso hacia un final feliz que venciera las adversidades y los contratiempos. Tal vez Pineda, debilitado por la culpa y sensibilizado por el cuidado de unas flores que eran como sus hijos, se habría aventurado a dar el salto —apartándose de la trama críptica de los siete poetas errantes y varados en Tokio— y embarcarse en la aventura de recorrer las calles elegantes y decadentes de Palma de Mallorca hasta hallar a su amada. Pero, desprovisto de autoridad moral ante quien se había ofrecido al sacrificio como un cordero bíblico para poner a salvo sus manuscritos, acató las arbitrarias reglas del juego de una superviviente herida y ávida de que se hiciera justicia por la gesta de su martirio.

El azar. Fueron pensamientos que nunca antes había tenido hasta sentir cambios hormonales que preparaban mi cuerpo y mi mente para el nacimiento de mi hijo. La reserva de oxitocina (la sustancia del afecto) y el baile de estrógenos y progesteronas me permitieron una visión que no tuvieron Sandra y Tomás Pineda. Era de esperar que mi antigua compañera de colegio, consumida por el sufrimiento y transformada, se negara a reencontrarse con su amante por temor a provocar en él compasión. A sus ojos, se trataba del más humillante de los sentimientos. Sus inseguridades y miedos le impidieron comprender que el amor podía trascender la ruina física. Algo que, por otra parte, hubiese encontrado en una novela rosa de la que se habría burlado por los lugares comunes y las fórmulas fáciles. Por eso no acudió al encuentro con Tomás Pineda en su antigua casa de veraneo, en la que él, desesperado y en su deseo por hacerse perdonar, había reverdecido el jardín como muestra de un amor capaz de renovarse. Para Sandra se trataba de un final manoseado. Indigno de una tragedia de altura.

El azar. Acaso el mayor pecado de Tomás Pineda no fue la vanidad literaria que lo llevó a dar más importancia a sus manuscritos inéditos que a proteger a su enamorada. Con la mente despejada por la clarividencia que confiere la responsabilidad de traer una criatura al mundo, en el invierno de mi embarazo comprendí que su falta más grande fue la de obedecer las prohibiciones de Sandra y no haber reunido el coraje para ir en su busca. Después de leer aquella carta que la devolvía del mundo de los muertos, sin pensarlo, el padre de los siete poetas errantes debió recorrer la tierra hasta dar con ella. Como los héroes románticos, Pineda debió dar un portazo y desordenar Palma hasta encontrar a su enamorada. ¿Acaso los poetas no vagaban por los confines más lejanos precisamente porque una pena muy grande los había condenado al destierro? ¿Qué hacía el creador de la saga varado en su huerta y contemplando el baile diario de los girasoles en busca de luz cuando el objeto de su deseo daba señales de vida desde un faro no tan distante? ¿O es que su carácter unidimensional de autor de culto y minoritario era un freno a manifestaciones propias de novelas de masas, en las que, gracias a lo previsible y establecido, los protagonistas cuentan con una segunda oportunidad? Ante el reto de desobedecer a Sandra y enfrentarse a las inevitables amonestaciones de una mujer que se había inmolado por él como una mártir en una cruzada santa, se limitó a rumiar su amor por ella en la insoportable soledad de su vida retirada. Incapaz de escribir excepto por obligación y como pago de una vieja deuda. El envenenamiento de la sangre que acabó por matarlo había sido la consecuencia de años de silencio al borde de aquel despeñadero. La culpa se había alojado en el riego sanguíneo y por sus venas latía el sufrimiento doblado de Sandra arrodillada frente a su torturador. El mismo individuo que secretamente se había enamorado de ella, deslumbrado por su capacidad de resistir el dolor con tal de no traicionar al hombre que amaba. Ese obstinado soldado de ojos azules habría querido tener una novia así, y cuando la poseía a la fuerza lo hacía para sentir el invencible poder del amor incondicional. Por eso la había dejado ir, rendido ante la osadía sin límites del suicida, celoso del fatuo escritor que ella protegía con su estoica mudez. Por eso Tomás Pineda, vencido por un rival que la había valorado más que él, no luchó cuando sintió los primeros síntomas de una leucemia fulminante.

El azar. Los meses de invierno me sirvieron para hibernar como una osa preñada al calor de la cueva. Dormía mucho y en el sueño me venían todos estos pensamientos acerca del infortunio de Sandra y Tomás Pineda. Todos los finales que pudieron vivir y se negaron por temor a violar los visceralistas preceptos literarios que los habían unido cuando se conocieron en los cafés de Buenos Aires. Pineda era el novísimo *enfant terrible* de los círculos intelectuales donde le reían sus excesos pendencieros y sus desafíos a los escritores consagrados. Y Sandra venía encandilada con las aventuras de la Generación Beat. Un grupo que se había perdido en los viajes psicodélicos del LSD, a bordo de una desvencijada furgoneta y encallados en las playas mexicanas. Ya en aquel entonces, desde San Francisco me había anunciado en su postal que algún día sólo los recordaríamos como nuestros autores favoritos de la juventud. Un augurio que se cumplió, pero del que ella no supo escapar, secuestrada por el prejuicio contra lo que mi ex jefa llamaba "la injustificada mala fama de las novelas de mujeres para mujeres". Sandra nunca había viajado en el autobús lleno de muchachas que, presurosas, en las mañanas se beben las páginas de sus novelas rosadas antes de bajarse en la próxima parada. Las que les daban réditos a Francesca y la millonaria industria de la literatura femenina.

El azar. Al final de su vida Tomás Pineda debió sospechar que había cometido un grave error al continuar por el sendero de los siete poetas errantes en vez de, por una vez, explorar sin sonrojo la novela de sentimientos. Porque su saga, aunque ferozmente poética, era oscura y cargada de símbolos oníricos. Una lectora desesperada se habría bajado del autobús con el desasosiego sin resolver en el corazón. Interminables horas en la oficina con el negro presagio de unos poetas extraviados. Ninguna clave a la que agarrarse. Ninguna premonición tranquilizadora. Sólo estepas y vallas de neón en Tokio, donde siete hombres descarriados mueren de un amor impronunciable. El salto al vacío desde el autobús en marcha. Eso debía de sospechar Pineda cuando en los atardeceres de su jardín, exaltado, me hablaba del amor perdido, de los hijos que habría querido tener, de la familia sentada a la mesa. Como si el espíritu de Jane Austen lo poseyera al anochecer, conmovido por el *ballet* sincronizado de sus girasoles. El orgulloso señor Darcy, por un instante dispuesto a subirse al caballo y galopar los kilómetros que lo separaban de la única mujer que había deseado a pesar suyo. Ésa era la novela que debió escribir para redimirse y provocar el cisma de un encuentro que la habría liberado a ella de su cárcel y a él de una enfermedad mortal, única vía de escape al peso de su remordimiento.

El azar. Las horas que pasaba despierta volaron frente al ordenador encendido y la novela que nunca pude escribir brotó con la misma determinación con que mi hijo comenzaba a abarcar mi vientre. Me bastaron la esencia de mis hormonas alborotadas y el trastorno temporal de un cerebro achicado por el fenómeno de nueve meses de gestación para no separarme de mi escritorio junto a la ventana. Transmutada como los proteicos héroes de los cómics de Marvel, escribí y escribí con la fuerza de quien libra una batalla épica contra el mal, apartando de mí cualquier duda, cualquier encasillamiento de género, cualquier distracción, cualquier paisaje ajeno que no fuera lo que podía ver a través de mi ventana: los peatones diligentes y los gatos fugados de sus casas. Cuando no dormía, las horas en vela se escurrían frente a la pantalla inundada de palabras. De oraciones. De frases y capítulos. Y en el proceso de la escritura viajaba sola. No me acompañaba el espíritu inquisitivo de Sandra, ni la cadencia bonaerense de Pineda, ni el rígido recetario de Francesca, ni los siete poetas que tanto me habían inspirado, ni siquiera el triste recuerdo de la noche en que sorprendí a Arieh y su niña puta. Sorda y abstraída, no escuchaba voces ni consejos. Poseída por la novela dentro de la novela ya no era ni hombre ni mujer, sino las dos cosas a la vez. Nunca antes la sensación de incomunicación y soledad había sido tan necesaria y curativa. Sólo de ese modo conseguí sentarme a escribir la historia que pudo ser de un desencuentro que había sido. Cuando llegó la primavera, mi hijo y mi novela estaban a medio camino. Habían sido obra del azar.

VEINTISÉIS

Querido Prem:

A estas alturas habrás creído que me tragó la tierra, pero no te he olvidado. Simplemente me han sucedido muchas cosas desde que me marché de Mumbai y dentro de poco te las podré contar cara a cara. Sólo serán unos cuantos días, pero los suficientes para visitarte a ti y a tu familia. Me hace mucha ilusión conocer a tu nueva hija.

Tu amiga,
Andrea

Nunca dejé de pensar en mi guía. Un hombre bueno y transparente cuyo destino ya estaba trazado antes de que naciera. Casado con la mujer que sus padres le habían elegido y dispuesto a tener los hijos que sus dioses le asignaran. Prem no tenía duda de que sus restos acabarían ardiendo en una pira a orillas del Ganges. Allí iban a descansar las almas predestinadas.

Le había hablado a Tomás Pineda de él y su conclusión fue que la verdadera historia de amor había sido la mía con Prem y no con mi marido en plena luna de miel. Era la suposición lógica de un escritor en busca de una trama para una novela que nunca se atrevería a escribir. No le faltaba razón al autor de los siete poetas errantes, pero aquella atracción que sentimos a la sombra de las Torres del Silencio con la ominosa presencia de unos buitres hambrientos era el espejismo de mi desamparo y de su turbación frente a alguien que, en la confusión, pretendía desviarlo de un plan inalterable. Prem había sido mi caballero andante en el laberinto de Falkland Road, por ello su lugar en mi vida estaba reservado al nicho de los personajes míticos y, por lo tanto, inalcanzable forastero en mi mundo: el del escritorio junto a la ventana y más allá la gente con prisa, los gatos y los perros de mi barrio.

Estaba segura de que me esperaría en el aeropuerto internacional de Bombay con una de aquellas pancartas adornadas con colores chillones, como si una de sus hijas la hubiese pintado con crayolas. No se trataría de un viaje de turismo, sino de una deuda pendiente que debía cerrar con un abrazo fraternal y un cálido beso en la mejilla. Estaba dispuesta a emprender tan cansado recorrido sólo para que mi buen amigo me llevara a su casa, donde compartiríamos con su esposa y sus dos niñas. Allí, sentados en su modesta vivienda, les hablaría de mi hijo: que fue varón y al nacer pesó cuatro kilos. Un niño grande y robusto. No había querido saber el sexo de mi bebé, pero cuando lo vi por primera vez reposando sobre mi vientre y junto a la gelatinosa placenta que la comadrona también colocó sobre mí para que la oxitocina nos invadiera de amor perdurable, comprendí que sólo podía llamarse Prem. Como mi bienhechor. El hombre que me sacó de las entrañas de Falkland Road. El que vino a salvarme del barranco de mi matrimonio. Mi *sherpa* en las alturas de un escarpado Himalaya sentimental.

Viajaría de nuevo a la India para mostrarle fotos a Prem de su tocayo, un crío de casi dos años que mi madre cuidaría durante mi corta ausencia. Una abuela rescatada de mi injusto alejamiento y que, sin preguntas ni reproches, celebró una reconciliación donde nunca hubo agravio o desavenencias, sino desconocimiento mutuo y perplejidad frente a una niña que desde pequeña se empeñó en ser huérfana, creyendo su familia a los escritores desahuciados y no a sus padres biológicos, incapaces de decodificar a la hija arisca que parecía no pertenecer a ese humilde hogar, sino a un planeta extravagante y lejano donde hablaban un lenguaje desconocido para ellos. Por eso a mi sufrida madre no le sorprendió el nombre exótico de mi hijo, ni yo me molesté en aclararle que era un homenaje a un caballero andante cuyo destino ya estaba escrito en el fondo del Ganges.

Pero antes de emprender un viaje que no se extendería más de dos semanas, era preciso ultimar otros asuntos pendientes. Había terminado mi novela y desde hacía un mes permanecía encerrada y sin retocar en una carpeta virtual de mi ordenador. Sólo faltaba hacer copias y mandarla a las editoriales, con la esperanza de que un "lector" la encontrara singular y meritoria. Compré unos sobres y en cada uno de ellos inserté un manuscrito firmado con el seudónimo literario de F. Oquendo, pero antes los rocié con una pizca de pachulí. El aceite de la juventud de Sandra y el perfume que nunca pudo borrar de su memoria Tomás Pineda.

Con suerte, mi novela llegaría también hasta el escritorio de una de las aprendices de mi ex jefa y competiría para el concurso del Premio Novela Femenina que todos los años otorgaba su editorial. Con suerte, una de sus "lectoras" se fijaría en mi manuscrito y escribiría un informe favorable que Francesca leería y, con suerte, abriría su apetito voraz en busca del *best seller* de la temporada. Con suerte, repasaría mi libro con cuidado y reconocería en la escritura de F. Oquendo la mano firme de una autora que merecía ser publicada. "Una escritora que envía un manuscrito perfumado es alguien que no teme a la mala fama de las novelas de mujeres para mujeres." Con suerte, eso afirmaría Francesca en la reunión editorial, proponiendo la idea de la fragancia como un ingenioso gancho publicitario para vender más ejemplares. No le guardaba rencor a mi ex jefa y ex amante de Arieh, quien desde la lejanía de sus tacones y con entusiasmo infantil había defendido tan denostado género frente a los críticos, siempre dispuestos a colocar en un altar al último autor de culto. Impenetrable y oscuro. Pero incapaces de adivinar que Tomás Pineda, el padre de la saga de los siete poetas errantes, era Félix Oquendo. Un anodino traductor. Ambos habían fallecido poco antes del anochecer en la soledad de un jardín que se quedó sin dueño.

En las horas que duró el vuelo a Bombay, escribí en un cuaderno los lugares y sitios que quería visitar con Prem. Apuntes armados desde la imprecisión del recuerdo, pero necesarios para un primer esbozo de una segunda novela que comenzaría en las sucias calles de Falkland Road, cuando la protagonista ya sabía que estaba más cerca del final que del principio.

Poco después de desembarcar sentí la filosa humedad tropical y me sequé el sudor de la frente con un pañuelo cuyas iniciales bordadas eran S. L. Tras pasar la aduana divisé entre la multitud el cartel tierno y fosforescente de mi fiel guía.